VALENTIN BRESLE & FERNAND LAPLAUD

# CONSIDÉRATIONS PARADOXALES SUR LA POÉSIE

LILLE

MERCURE DE FLANDRE

1929

Au Grand Poète Arménien,
Fondateur de Ville,
Créateur de Beauté et d'Idéal,

A Hrand Nazariantz

nous dédions fraternellement ces pages.

V. B. F. L.

# CONSIDÉRATIONS
## PARADOXALES
# SUR LA POÉSIE

## De Valentin BRESLE

**Parus :**

*Un Maître du Roman : Sylvain Bonmariage*.... 1 vol.
*Un Peintre d'Eppe-Sauvage : Maurice Deborne*. 1 vol.

**Sous presse :**

*Erato et Calliope en Flandre*................ 1 vol.
*Henry-Louis Dubly et son œuvre*............ 1 vol.

## De Fernand LAPLAUD

**Parus :**

*Le Carnaval des Heures*, poésies............ 1 vol.

**A paraitre :**

*Étude sur Pierre Loti*...................... 1 vol.

Valentin BRESLE & Fernand LAPLAUD

# CONSIDÉRATIONS PARADOXALES SUR LA POÉSIE

1929
MERCURE DE FLANDRE
204, RUE SOLFERINO, 204
LILLE

# CHAPITRE I

# POÈTES ET POÉSIE

Le poète a pour idéal (et non pour mission, car il serait sans doute exagéré de prétendre tout poète investi d'un devoir en venant à la vie, et charger ainsi d'une nouvelle donnée le problème déjà si complexe de la vivre) de concrétiser ses rêves et de les rendre transmissibles, compréhensibles et assimilables aux autres, qui retrouveront dans son expression un peu de leurs propres rêves, de leurs propres idéaux, ou encore, pour qui cette extériorisation poétique sera le départ de rêves nouveaux.

Barbey d'Aurévilly a écrit jadis une phrase qui semble quelque peu étrange : « *Dans la vie, dit-il, il n'y a de vrai que les chimères que nous rêvons.* » Sous un air de paradoxe se cache une vérité profonde ; elle contient en elle-même tout le secret de la poésie.

Etre poète, qu'est-ce donc? Nous entendons par là le qualificatif généralement employé, c'est-à-dire poète *prosodique.* Etre poète, c'est écrire selon un mode spécial, dans une formule particulière, ce qu'il serait parfois bien plus simple d'écrire en prose.

A ce sujet, l'abbé Brémond nous semble avoir raison quand il écrit (1) : « *A quoi bon mettre en vers obscurs et maladroits* (pas toujours, il faut être juste), *ce que la prose dirait à merveille ?* »

Il faut avouer que nombre d'écrivains, réputés bons poètes, se servent de la prosodie — classique ou non — pour masquer un vide et donner corps à une illusion.

Verlaine, et dernièrement encore Sylvain Bonmariage, ont déclaré que la poésie procédait de la musique (rythmes) et de la peinture (images). De là des écoles qui utilisent par procédés des tendances plus spécialement musicales (le musicisme parmi lequel on peut situer certains poètes comme Armand Godoy, Jean Royère, qui n'ont en fait que suivi les théories verlainiennes et mallarméennes ) et celles qui utilisent des tendances plus spécialement picturales (le picturisme) (2).

---

(1) « Prière et Poésie », p. 133.

(2) Si Varlet se laisse classer volontiers parmi le musicisme, c'est qu'il ne considère pas ce mouvement comme une école. Pour nous, il nous est bien difficile de ne pas reconnaître que la pléiade

La musique est l'enveloppe du rêve poétisé (musique intérieure) et la poésie est surtout poésie exprimée par sa musique. Dans ce cas on peut entendre par musique l'expression intégrale et sincère (par sincérité, nous n'entendons pas respect de la vérité objective, le vrai et le beau étant choses distinctes pouvant ou non co-exister) (1) de l'individu, l'*onomatopée originelle* et non seulement la musique telle qu'on la conçoit habituellement, c'est-à-dire, comme l'écrit l'auteur de « La vie mystique de la nature » (2) : « *La musique qui a ses règles propres où la convention a sa place.* » Dans ce dernier cas, ce serait ramener trop systématiquement la poésie à une interprétation uni-latérale et autant vaudrait-il, sans doute, en rester dans le domaine poétique proprement dit.

---

musiciste qui tend à se créer, avec Godoy comme maître, n'est, en fait, qu'une rénovation particulière du symbolisme. C'est pourquoi nous ne classerons pas Théo Varlet dans ce groupe. Il est trop grand pour ne pas être seul.

(1) Est-il nécessaire de rappeler que, dans la conception platonicienne, le Beau et le Vrai coïncident, dans leur essence, avec le Bien véritable.

Nous touchons ici à la question de l'*interprétation* des choses par l'artiste. Il peut les déformer, justement pour être sincère. A tout instant, hors même de la poésie, nous associons par conformité à un rythme intérieur, des choses tout à fait distinctes dans la nature. « Perfide comme l'onde » est, en parlant de la femme, un grand cri sincère, mais qui mêle deux éléments, l'un physique (onde), l'autre moral (perfide) qui n'ont absolument aucun rapport, objectivement parlant.

(2) Jules de Gaultier, *Mercure de France*, p. 251.

On doit donc surtout entendre ici par musique, l'onomatopée originelle de l'individu ; la poésie ne nous semble poésie que parce qu'elle rejoint cette dernière, ou tout au moins essaie de la rejoindre instinctivement par les détours les plus savants (ces derniers étant les artifices sacrés de l'intelligence).

Si l'on admet que le rêve est une simple illusion, la poésie est illusoire (aucun psychologue sérieux ne peut aujourd'hui déclarer que le rêve n'est rien de plus qu'une illusion simple). Le rêve (éveillé ou non), procède de trop d'apports psychiques et physiques pour n'être qu'une illusion. Il y a dans le rêve une base plus réelle que la « réalité » elle-même. Le voilà bien, le vrai surréalisme. La poésie n'existe pas en elle-même et n'est qu'une fugitive sensation que la vanité humaine veut exprimer.

Dire, chanter ou pleurer la vie est quelquefois aussi vaniteux que s'imaginer être le seul à ressentir ce qui étreint ou charme, alors que tous nous subissons les mêmes assauts de la vie intérieure ou extérieure.

Le fait que le poète « *exprime de façon particulière* » ce qu'il ressent, ce qu'il voit ou ce qu'il rêve, ne prouve pas qu'il est plus sensible qu'un autre de ses frères, mais simplement qu'il est plus résonnant ; la sensibilité affectée des autres semble se manifester *de façon particulière*, répétons-le, chez lui (1).

Si un poète est aimé, c'est parce que ses lecteurs se reconnaissent en lui. Dans l'admiration d'un lecteur pour un auteur, il y a donc, et c'est heureux, beaucoup plus de place pour l'égoïsme que pour l'admiration propre.

On admet difficilement qu'un auteur, fût-il génial, puisse dire autre chose que ce que nous éprouvons ou sommes capables d'éprouver, inconsciemment ou non. C'est la base essentielle de la compréhension, donc de la « transmission » poétique.

Ainsi s'explique l'insuccès primitif des poètes trop voyants, qui expriment des sentiments ou qui traduisent des conceptions poétiques en avance sur leur époque et dans lesquels le « public », habitué à des dogmes précis et catalogués, ne se retrouve pas. Cependant, ces poètes trouvent généralement une élite qui communique ou vibre synchroniquement avec eux et suggère à son tour à une partie du public, les

---

(1) Nous étudierons dans un autre ouvrage les rapports qui existent entre la folie et l'inspiration poétique. Chez les poètes et chez les fous, on trouve des traces d'un « don de seconde vue », d'un courageux cynisme et une sorte d'impudeur morbide qui porte le fou ou le poète à dévoiler des douleurs ou des joies qu'aucune parole ne peut traduire entièrement et qui ne provoque que l'ironie des autres hommes « normaux » qui ne peuvent comprendre l'intraduisible.

sentiments et les idées des poètes d'abord méconnus, dont l'œuvre connait ensuite le succès, parce qu'un plus grand nombre de lecteurs se retrouvent en elle.

En fait, que recherche-t-on dans la lecture ? La masse de ceux qui ne s'analysent jamais répondra : un passe-temps. Les désœuvrés, qui ne savent pas reconnaître, dans leur désœuvrement, une perpétuelle recherche d'eux-mêmes, diront : une distraction. Enfin, il y a aussi ceux qui pensent : « La lecture est une consolation. » Ceux-là sont de grands enfants : rien n'apaise dans une lecture. Si une œuvre est gaie, elle comporte un tel fond d'amertume par la réaction même, que l'on ressent une sorte de gêne à ne pouvoir se l'appliquer. Si une œuvre est triste au contraire, bien souvent elle ne fait que corroborer ou, mieux, définir une angoisse latente qu'on n'osait s'avouer.

Nous pensons qu'une impulsion nous fait rechercher dans la lecture la satisfaction de désirs psychiques latents qui se réalisent, en fait, dans une réaction cérébrale et sensuelle.

En poésie, en prose, en musique, en peinture, en tous les arts, l'homme se recherche et se retrouve. Son but est de se regarder. N'est-ce pas là sensualité pure ?

A quoi sert de protester ? Tous les événements

de la vie, si minimes soient-ils, forment une « galerie des glaces », et l'homme n'a qu'une préoccupation : s'y mirer.

La poésie est, nous le répétons, une façon particulière de s'exprimer : un idiome spécial, parfois bien spécieux, qui répond au désir qu'a l'homme de s'extérioriser et de se retrouver chez les autres.

Le poète n'est pas nécessairement celui qui compose *des vers,* car ceux-ci ont d'abord été employés comme *moyen mnémotechnique* (1) et aussi sans doute comme nous l'avons dit plus haut, pour masquer un manque de foi, ou encore pour compléter un manque de moyens d'expression.

La poésie pourrait s'efforcer d'approcher le plus possible de l'onomatopée primitive, puisqu'elle se sert ( et c'est là toute sa base) des vibrations biologiques et de leur répercussion en sentiments.

Nous verrons plus loin que les mots n'étant qu'individuels et imparfaits, ils détruisent quelquefois l'effort vers la réalisation de la « sonorité biologique » la plus complète.

Ces derniers sont loin d'être toujours adéquats

---

(1) Comme « moyen mnémotechnique » s'appliquant à un enseignement sacré, voire hermétique, exprimé même dans un rythme de solennité prophétique. N'est-ce pas le cas de l'enseignement druidique ?

à la pensée. Dans ce sens, Jules de Gaultier a quelque peu raison quand il écrit qu'il « *n'y a pas de poésie pure* » (1).

« *Les mots dont nous nous servons* exprimert *nos idées et ne ressemblent pas à ces idées, d'où la poésie pure qui, inconsciente et inexprimée, n'est plus pure dès qu'elle est transcrite par des mots.* »

Certes le point de vue de Jules de Gaultier et du saint abbé Brémond est peu consolant pour la raison humaine et reste très difficile à admettre. Ressentir l'impression poétique pure est sans doute, pour un sujet constitué comme la plupart de ses frères humains, une illusion. C'est là au moins un cas exceptionnel. Les mots, l'extériorisation en rythmes et sonorités, existent déjà, il nous semble, en puissance, dans le subconscient qui a un rôle bien grand, non seulement dans la création ; mais aussi dans l'audition ou la lecture d'un poème. C'est à notre humble avis avec la première syllabe balbutiée que la sensation se transpose en irradiation poétique et naît à la conscience.

C'est sans doute parce qu'écrire un mot altère leur poésie profonde, qu'une sorte d'instinct commande à certains poètes de conserver

---

1) *Mercure de France.* Novembre 1926.

pieusement cette poussière impalpable et dorée, ce pur diamant de l'émotion, sans le « blesser » par la déformation verbale ? Mais heureusement qu'une autre impulsion, généralement plus forte, nous pousse à l'extériorisation même imparfaite de nos rêves. Au fond, cette soi-disant trahison du sentiment par le mot, n'est qu'une impression d'esprit scrupuleux ou pathologiquement mystique car peut-on réellement concevoir une chose qui ne naisse que pour se nuire et s'adultérer ?

La poésie libre (nous écririons plutôt la prosodie libre, car il est un fait primordial et sur lequel nous ne reviendrons jamais assez, c'est que nombre de gens confondent poésie avec prosodie. Or, la poésie est *une,* tandis que la prosodie n'est que l'essai de transmission de cette poésie. La prosodie libre, donc, permettrait davantage l'éclosion de cette mystérieuse poésie pure, car en plus des lois de l'expression et des mots, « *la poésie régulière et classique a ses lois propres qui sont d'autres lois encore* ». (J. de Gaultier, déjà cité.)

C'est un tort que de croire dans l'expression poétique à la possibilité de la transmission verbale parfaite. Louis Thomas, dans une étude sur Anatole France (1) disait :

(1) *Les Nouvelles Littéraires.* Numéro du 11 février 1928, p. 5.

« *Anatole France, comme tous les poètes Parnassiens et nombre d'autres écrivains français, a cru, de façon absolue, à la vertu de la forme, de la phrase et du mot :*

*La Parole est divine et contient toute chose ;*
*Heureux qui pour fixer son rêve intérieur*
*Employa sans faillir la forme et la lueur*
*Dans le cristal des sons fatalement enclose.*

*D'autres esprits plus emportés, plus lyriques, ont au contraire pressenti que la parole peut-être n'enfermait point toutes choses et que les mots étaient pauvres (quant au sens immédiatement intelligible), et rétrécissaient, obscurcissaient, diminuaient du moins ces* troubles lumières qui nous surprennent par moments, *comme venues d'un monde ignoré...* »

Heureusement que ceci a sans doute peu d'importance pour la littérature en général, mais c'est essentiel en poésie, car « *ces troubles lumières qui nous surprennent par moments* » sont précisément ce que le poète veut surtout exprimer. Dilemne cruel : plus le poète arrive à préciser ces « troubles lumières », plus il devient obscur pour le « sens commun ». Fatalement, plus il devient clair pour le « sens commun », plus ces « troubles lumières » lui demeurent imprécises. On se rend facilement compte du drame de conscience qui peut se passer dans l'esprit d'un poète scrupuleux.

D'après ces opinions, il semblerait que la « poésie pure » serait une chose pour ainsi dire « fluidique » que décélerait plus facilement un clinicien psychologue que le grand critique qui souhaitait « qu'on réussit à mathématiser la critique » et qui aimait dans la poésie la seule métrique dont les règles « *précises comme les termes d'une équation varient d'une langue à l'autre, mais distinguent dans toutes les langues le vers de la prose* » (1).

En faisant dans notre étude une part à la psycho-physiologie, nous sommes donc beaucoup plus près du regretté Paul Souday que certains pourraient le croire. N'est-il pas curieux, en outre, de constater combien peu de femmes-poètes sont fantaisistes ? Cela tient à ce que les femmes prennent généralement la vie sentimentale très au sérieux. Cela tenterait également à prouver que le critique doit de plus en plus se doubler d'un clinicien.

La Poésie est parfois, et même assez souvent, une espèce de crise mystique, une sorte d'égarement sacro-saint, mais comprenons bien : être poète ce n'est pas seulement être « un cas plus

---

(1) Paul Souday : *Le Temps*, 12 juillet 1928.

ou moins pathologique ». La poésie peut être la conscience parfaite, le regard profond qui permet à l'Intelligence de se retrouver au delà du Sentiment.

Chacun connaît « l'Art Poétique » de Boileau :

*Ce que l'on conçoit bien s'énonce clairement*

lequel, selon la remarque de M. Tancrède de Visan, n'est autre que le « Discours sur la Méthode » rimé, car le mot « bien » veut dire selon Descartes, avec ordre et distinctement.

M. Tancrède de Visan note d'ailleurs :

« *Il est fort peu de choses qui* se conçoivent avec clarté ; *mettre ce précepte en pratique, c'était se vouer aux idées générales et abstraites, à l'art statique et purement formel ; il est tant d'états de conscience les plus précieux, et les plus riches, qui se conçoivent mal. Tous les sentiments particuliers, les passions profondes, l'âme de la vie, ces sources vives du lyrisme demeurent toujours troubles et leur profondeur n'est point percée par les rayons de l'intelligence. Repousser ces élans intérieurs, c'est priver la poésie de toute originalité, les accueillir, c'est se vouer à quelque obscurité peut-être, mais aussi à des formes plus expressives du beau.*

*Ne craignons pas de l'avouer : faire intervenir*

*au nom des « idées claires » la quantité dans la conscience, alors qu'elle est un processus, un ensemble de qualités, remplacer le dynamisme de la vie par le mécanisme du concept discontinu, c'est tuer la poésie pure, pour ne laisser place qu'à l'art oratoire ou au poème didactique.* » (1).

Voici d'ailleurs, concernant la différenciation à établir entre la prosodie et la poésie pure, quelques lignes de E. Armand, extraites de la Préface qu'il a donnée à son volume de poèmes « Ainsi chantait un En dehors », sous le titre : *Réflexions sur le langage poétique et son mode d'expression* » :

« *Il n'est pas non plus question de nier les effets qui se peuvent tirer de la rime et du mêtre, mais de constater — on le savait déjà — que la mesure et la rime ne douent pas de caractère poétique le morceau de littérature qui s'y astreint. Un excellent rimeur peut être un poète détestable. Ce qui distingue la poésie de la prose, ce n'est point que celle-ci ne s'exprime point en phrases uniformément cadencées, contenant un nombre déterminé de syllabes, rimées et se succédant en un ordre donné — ce qui distingue la poésie de la prose, c'est que la façon de parler*

(1) L'attitude du lyrisme contemporain, pp. 445-446.

*poétique est bien plus instinctive, bien moins artificielle que le mode d'écrire prosaïque. La poésie ne peut pas être aussi endiguée que la prose, elle ne s'embarrasse guère de la syntaxe, elle se soucie peu des convenances de style : elle est moins claire et plus tumultueuse; elle se prête davantage aux licences, aux néologismes, aux inversions. Bref, il y a entre la prose et la poésie la même différence qu'entre un canal et un torrent qui dévale d'une montagne.* »

Anatole France, qui — sous des dehors parfois volontairement superficiels, — fut un des esprits les plus curieux de ce siècle, avait pressenti la faiblesse d'une poésie cataloguée — encore que le quatrain cité plus haut laissât supposer un classicisme intransigeant — et qui, ainsi soumise à la classification, perdrait peut-être beaucoup d'elle-même.

Dans l'un de ses livres qui l'apparente le mieux à Voltaire « L'Ile des Pingouins » (p. 154), il a imaginé une rencontre d'un moine appelé pour la circonstance « Marbode », avec le poète de l'*Eneïde,* et ce dernier, après avoir conté ses déboires personnels, — il s'était vu refuser l'entrée du ciel et son destin l'avait amené au royaume de Minos (nous allions écrire : et de Pasiphaë!) — arrive à parler de certaine rencontre qu'il eût, lui aussi, avec un poète, et dit ceci :

« *Mon Etrusque me récita des vers composés par lui dans un dialecte nouveau qu'il appelait la langue vulgaire, et dont je ne pouvais comprendre le sens ; mes oreilles furent plus surprises que charmées d'entendre que, pour marquer le rythme, il ramenait à* intervalles réguliers, trois ou quatre fois le même son (*c'est nous qui soulignons*) ; *cet artifice ne me semble point ingénieux, mais ce n'est point aux morts à juger les nouveautés.* »

Anatole France a sans doute — par la voix de « feu Virgile », comme il l'eût écrit lui-même — dit sa propre pensée et quelque peu raillé la rime à laquelle nous restons obstinément attachés.

Verlaine, dans son « Art Poétique », eût un quatrain terrible pour cette dernière :

*O qui dira les torts de la rime*
*Quel enfant sourd ou quel nègre fou*
*Nous a forgé ce bijou d'un sou*
*Qui sonne creux et faux sous la lime.*

Le Parnasse en a tellement usé et abusé qu'elle semble parfois devenue désuette ; faudrait-il voir là le début de sa déchéance ?

On peut prévoir une réplique aux vers de Verlaine : « Mais cette pointe pamphlétaire est elle-même écrite en vers rimés! » C'est en effet sa faiblesse... et sa force, car pour bien combattre il faut bien connaître. Un novateur se sert généralement des idées qu'il réprouve pour exprimer celles qu'il veut imposer.

Un reproche semblable peut nous être fait, mais il importe peu que nous ne définissions rien très exactement. L'essentiel serait que nos réflexions pussent aider d'autres à découvrir ce que, bien souvent — comme beaucoup — nous n'avons que pressenti.

Tout ce qui précède n'a été en fait qu'un court exposé d'un côté de la prosodie actuelle, ses quelques tendances, ses tenants et (terminons la phrase rituelle) ses aboutissants. Nous allons maintenant tenter de définir, d'une façon aussi claire que possible, ce qu'est pour nous la poésie, par quoi elle est, comment elle est.

Avant d'en chercher la cause, il faudrait savoir *ce qu'est la Poésie.*

CHAPITRE II

# ORIGINE DE LA POÉSIE

A notre sens, et brièvement, la poésie n'est que l'élévation momentanée de l'individu au contact d'une réalité transcendante extérieure. Cependant, elle n'embrasse pas seulement un domaine irréel et vain, mais surtout celui du monde prolongé jusqu'à sa conscience, aussi absolue que possible, que le subconscient du poète contient en lui. C'est dans son subconscient que le poète se relie à l'âme du monde.

Camille Mauclair écrit, dans sa préface au « Carnaval de Schumann » de l'excellent poète qu'est Armand Godoy :

« Lorsqu'on est persuadé que la poésie est un fait d'ordre essentiellement intérieur... »

Pourtant, quelle que soit l'élévation de cet ordre, la poésie ne peut être pure. Ce fut, nous semble-t-il, une grave erreur que d'avoir ainsi qualifié le débat fameux qui mit aux prises MM. Brémond, de Souza et Paul Souday.

Ainsi que l'écrit de Gaultier (article déjà cité, p. 513) :

« *Il n'y a rien de pur, toute chose est donnée dans sa relation avec quelque autre chose, ainsi indéfiniment, rien ne peut être isolé, pourvu d'un être immuable et identifié pour l'éternité.* »

La poésie serait l'étincelle obtenue par le contact des sentiments biologiques de l'homme avec une réalité supérieure qui l'entourerait.

Que cette étincelle se traduise en vers, prière, musique, peinture, sculpture, il n'importe. A l'origine, elle est poésie.

D'où vient-elle ? Pour qui, par quoi vient-elle? Jean Royère, esthéticien remarquable, confesse son incompétence quand il écrit : « *La nappe de l'inspiration est secrète et insondable.* » (*Triste et Tendre*, Armand Godoy, p. 11.)

Quant à Charles Baudelaire, à qui il faudrait bien souvent revenir en matière poétique, il écrivait jadis :

« *Le principe de la poésie est strictement et simplement l'aspiration humaine vers une beauté supérieure et la manifestation de ce principe est dans un enthousiasme, une excitation de l'âme, enthousiasme tout à fait indépendant de la vérité qui est la pâture de la raison.* » (1).

---

(1) *Notes nouvelles sur Edgar Poë*, p. XXI et XXII. *Nouvelles Histoires Extraordinaires* (Nouvelle éd.) 1883.

Hans Larsson dans « la Logique de la Poésie » (1), écrit :

« *La logique de la Poésie n'est pas mécanique, ni stéréotypée, mais organique.* »

Nous dirions : la logique de *toute poésie*, car tous les arts rejoignent la poésie qui est musique, selon la phrase heureuse de Walter Pater :

« *Tous les arts aspirent à rejoindre la musique.* »

L'aveu de ce que la poésie la plus pure n'est pas absolument pure se rencontre également chez Robert de Souza dans son exposé :

« *Ainsi, l'imitation par le langage des premiers gestes humains et de leur mimique gnomique, inhérente à la moindre phrase, fut que le poème où l'on vise à la pure, à la seule beauté, comporte, malgré les intentions du poète,* des bases qui semblent lui être le plus étrangères (*c'est nous qui soulignons*). » (2).

D'ailleurs, un peu plus loin, cet auteur précise, reprenant à Brémond, le sens qu'il faut attacher au mot « Pur » :

« *Pur doit être compris, non dans le sens de l'eau pure distillée, par élimination des éléments vivants pour atteindre à la pureté parfaite de la*

---

(1) Traduction de E. Philipot. Ern. Leroux, Ed., Paris, 1919, p. 193.
(2) *Un débat sur la Poésie*, p. 241.

*substance minérale, mais dans le sens biologique de « Pur sang »* (p. 249). »

Il faut donc, si nous comprenons bien, admettre par « Pur » l'expression individuelle, la poésie intrinsèque, le chant initial; ce chant, (cette « Musique intérieure », suivant la juste définition de Maurras), biologiquement pur à l'origine, ne le serait plus dès qu'exprimé, dès que sous la coupe de la raison ?

Charles Bally (Le langage de la vie, p. 20 et 21), convient, d'autre part :

« *Celles de mes pensées qui germent en pleine vie ne sont jamais d'ordre essentiellement intellectuel. Ce sont des mouvements accompagnés d'émotion, ce sont des épanouissements ou des repliements de désirs, de volitions, d'impulsions vitales ; sans doute, c'est par l'intellect que je prends conscience de ces mouvements multiples, mais il n'en forme pas l'essence.* »

Par l'intellect ? L'auteur émet un doute et nous ne pouvons que l'approuver ; nous ne pensons pas que l'intellect soit automatiquement et forcément en cause ; la réaction poétique surgie de la musique intérieure peut très bien être véhiculée, non par l'intellect, mais par le simple biologique ; c'est là le « *processus de ce rudiment psycho-physiologique de cette toute première origine qu'est la sensibilité commandant la nature de la poésie et des créations qu'elle entraîne...* » dont parle Robert de Souza (loc. citée, p. 248), qui ajoute peu après :

« *Si l'intuition était seulement intellectuelle, comment se fait-il qu'elle se manifeste à la matière confuse et spontanée du sentiment dans un « éclair » indépendant de toute logique rationnelle exactement telle qu'une impression affective ?* » (ibid., p. 312.)

La poésie est, avant tout, semble-t-il à ces auteurs, la réaction intérieure d'influences ambiantes. Que ces influences soient matérielles, il n'en ressort pas moins pour eux que la poésie est inexprimable, parce qu'intérieure. Dès qu'extériorisée, elle perd de sa pureté originelle par l'emploi de mots qui, eux, n'ont plus sa fraîcheur *purement individuelle.*

Admettons donc pour l'instant qu'elle est immédiate, selon la confirmation de Fagus, et à l'encontre de Napoléon, pensons que la poésie n'est pas une solution, laquelle comporterait une opération préalable quelque peu importante ; cela ne semble être ainsi.

1° Si l'on admet que la poésie est une solution, on admet que cette dernière est issue d'une réflexion ; si cette solution est contrainte de s'exprimer en vers impeccables et classiques, il faut alors convenir que la poésie ressemble étrangement à de l'arithmétique ? Nous arrivons à une inspiration, ou plus exactement à une conception mécanique et ordonnée ; une telle hypothèse admise excluerait en grande partie l'idée même de poésie.

2° Si la poésie n'est pas une solution, elle devient une expression immédiate, une extériorisation sans coordination antérieure, consciente, ou rationnelle.

La question est de savoir si nous devons admettre qu'un poème sagement établi, comme un plan de bâtiment ou une épure métallique, soit digne d'être appelé poème. En devenant une construction et une élaboration, il perdrait cette qualité, car dans la poésie, *au sens propre du mot,* nous ne voyons guère de construction pas plus que d'élaboration. Et cependant ?

Ces deux déesses (élaboration et construction), sont généralement évoquées ensuite ; elles sont souvent nécessaires pour ordonner la pensée qui s'extériorise dans toute sa spontanéité, ce, dans le but, *souvent raté,* de la rendre plus assimilable. C'est en quelque sorte de la vulgarisation poétique que s'en servir, si cruel que puisse paraître le terme.

En poésie, la part de l'inconscient est considérable, puisque les plus belles créations poétiques se construisent parfois pendant le sommeil, alors que le subconscient redouble d'activité.

L'impalpable poésie qui déjà se matérialise par la sentimentalité (larmes, sourire, volupté), agit sur l'individu prédisposé en l'enveloppant d'une ambiance nouvelle. Il semble qu'un fluide pénètre d'abord son cœur puis sa pensée et enfin sa volonté au point que la « Poésie universelle » peut faire chanter, écrire ou peindre l'individu (homme ou femme), qui devient véritablement le devin dans le sens antique et païen du mot, et même le prophète dans le sens biblique.

La Poésie garde pour nous un inconnu mystique qui restera, longtemps encore, un des plus hauts problèmes métaphysiques.

Une question a toujours été âprement discutée, celle de savoir si la poésie était rationnelle. M. Paul Souday tenait pour l'affirmative. Pour les règles suivies, sans doute, généralement : oui ; mais pour la réalisation intérieure, la conception intime le plus souvent : non !

La jouissance, la souffrance, la contemplation, et tous les misérables sentiments humains qui nous régissent ne sont pas forcément issus de la raison ; ils peuvent être purement psychiques et le sont d'ailleurs dans la moyenne partie des cas.

La poésie étant l'expression de ces réactions psychiques dont parle de Souza, il n'est pas prouvé qu'elle emploie le chemin de la raison avant de nous atteindre, loin de là ! Nous n'irons pas jusqu'à prétendre que poésie et raison sont vocables complètement opposés. Ils peuvent tous deux co-exister, mais au sens initial de poésie, tel que nous l'entendons dans cette étude, telle que l'individu la ressent, il nous apparaît que la raison y a si peu de place à sa naissance qu'il n'est pas nécessaire de la croire indispensable à toute conception poétique.

Lorsque nous sommes émus, et émus par le charme qui se dégage d'une poésie vraiment « poétique », il nous est difficile d'être attentif aux causes du charme et de l'émotion. Il semble alors que ce charme et cette émotion soient dégagés de la belle musique du poème, ceci indépendamment de son sens intelligent ou intelligible.

Mais d'autres questions se posent : Si nous sommes sensibles à ce charme et à cette émotion de la belle musique du poème, n'est-ce pas parce que cette musique présente une ébauche de sens ?

Peut-on concevoir vraiment un plaisir venant uniquement de l'oreille satisfaite, de vibrations reçues sans difficulté par le tympan, comme cela serait pour l'oreille d'un animal ? Oui, mais alors nous connaissons les résultats habituels d'un tel « charme » c'est de l'hypnologie et nous retombons dans les cas cliniques que côtoie la poésie et que nous voulions simplement signaler pour cette fois (1).

La musique n'est-elle pas plutôt un sens ébauché (sens = signification). La différence du sens de la musique avec le sens de la parole écrite est, selon nous, que celui-ci limite, précise et que l'autre, élargit, diffuse, agrandit, vers l'infini. Et ici nous croyons toucher au grand problème de la poésie française comparée avec la poésie étrangère : en anglais, il y a la fusion du sens verbal et de la suggestion musicale : c'est dans le génie de la langue. En France, on est obligé de les séparer, ou d'exalter l'un aux dépens de l'autre (cas Paul Valéry).

---

(1) Comme nous sommes partisans de l'application des méthodes expérimentales partout et toujours et que les saines règles de l'objectivité nous ont montré que la source du charme poétique se plaçait, dans certains cas, ailleurs que dans l'intelligence, nous pensons utile de publier quelque jour une étude psycho-physiologique sur le charme poétique du « Poète constructeur de poèmes » et si possible sur le charme poétique indépendant du poète ; ainsi que sur l'ACTION de ce charme chez l'*auditeur sensible.*

C'est ce charme qu'il s'agira d'isoler et d'étudier.

Nous comptons donc étudier le charme poétique :

1° *Chez le poète* (depuis l'exemple du *démon de Socrate*) ;

2° *Chez l'auditeur sensible* (nous exposerons les effets du fluide poétique comparable aux effets de l'hypnose qui conduisent à l'EXTASE).

3° Le « charme poétique » en lui-même (n'est pas l'émanation de l'intelligence pure).

Disons pour l'instant que nous pensons qu'il procède de l'*intelligence, du cœur et de la volonté* mais qu'il est cependant AUTRE CHOSE.

Dans le cas d'hypnologie que nous verrons dans un autre ouvrage, le « charme poétique » ou « la poésie pure » d'un poème, s'adresse au cœur et aux sens et peut véritablement provoquer une volupté nettement sensuelle tandis que le *texte* de ce même poème s'adresse à l'intelligence.

Nous donnerons des observations détaillées de ces « *cas* ».

La « poésie pure » arrive au cerveau et aux sens à la manière des parfums. Honoré de Balzac, comme Baudelaire du reste, avait commencé une étude sur la philosophie des parfums et ses rapports avec la musique. Nous pensons que c'est en ce sens que les recherches doivent être poussées. Les génies que nous citons ont eu la prévision des recherches psycho-physiologiques contemporaines.

Le charme poétique, l'harmonie du verbe, la pensée et son expression seraient *pour certains sujets* des *forces* transmissibles.

Ce que Balzac disait de la musique, nous pouvons le dire de la « musicalité des poèmes :

« La musique, qui veut une pensée profonde,
« est la langue des âmes, tendres, amoureuses,
« inclinées à une noble exaltation intérieure.
« Cette langue mille fois plus riche que celle des
« mots, est au langage ce que la pensée est à la

« parole, elle réveille les sensations et les idées « sous leur forme même LA *où chez nous nais-* « *sent les idées et les sensations,* mais en les lais- « sant ce qu'elles sont pour chacun. »

Peut-être notre imagination est-elle seule affectée, mais encore, est-ce là une explication suffisante ?

Edgar Poe, dont M. Maurice Cohen, maître de conférences en Sorbonne, signalait dernièrement encore l'influence énorme sur nombre de poètes — Baudelaire en particulier — va plus loin quand il prétend (1) :

« *Entre poésie et vérité, nulle sympathie. Avec ce qui est* indispensable au chant, la vérité, autrement dit la raison, *n'a rien à faire.* »

L'abbé Brémond ne fait que confirmer cette thèse et en même temps ce doute quand il riposte :

« *Si la poésie est plus que rationnelle, c'est que la raison n'est pas la seule lumière de l'homme.* » (2).

Etant plus sensuelle que tout et de ce fait appartenant essentiellement au biologique, la poésie est une et indivisible ; elle se suffit à elle-même. Les sensations, enfants de la poésie, sont plus sensuelles (ainsi que leur nom le dit d'ail-

(1) The poétic Principle, p. 37.
(2) La poésie pure, p. 36.

leurs) qu'intellectuelles. Elles ne sont donc pas du domaine de la raison.

M. Paul Souday eût un quasi aveu défavorable à l'opinion purement rationnaliste, et qui fit comprendre que lui-même n'était plus très sûr de sa thèse quand il écrivit :

« *La poésie ajoute à la raison* », ce à quoi l'un de nous répondit à l'époque : « *Que vient-elle s'ajouter à la raison si elle est rationnelle ?* »

Le vrai poète admire, subit, mais n'imagine pas la réalité, et s'il rêve, la raison *raisonnante* n'y entre pour rien, car, sans être forcément antagonistes, raison et rêve sont plus que différents.

Toujours en ce qui concerne l'origine rationnelle ou irrationnelle de la poésie, nous lisons, chez Brémond, cette page de Tellier (Revue « Nos Poètes » de 1888) :

« *Et qu'on ne dise point non plus que, funambulesque ou olympienne, une poésie sans pensée n'est qu'un jeu puéril, car je me sens envie de répondre : Mais c'est la pensée, bien plutôt, qui est un jeu puéril, puisqu'elle ne mène à aucune certitude et qu'elle est finalement affligeante ; la pensée est une chose sotte et triste (un peu paradoxal, disons-nous), le rythme est une chose noble et grande et participe à la dignité des forces naturelles dans lesquelles il est répandu ; les forces ne pensent pas* (1) *à notre façon : un bois qui murmure n'a aucune idée et n'est pas puéril pour cela. Il y a dans son murmure quelque chose de divin* (2) *Il y a bien quelque chose de divin aussi dans le don de parler pour ne rien dire au degré où le possèdent certains poètes* (3) *Dès qu'on ne reconnaît point dans une série de paroles le jeu des ressorts ordinaires du cerveau humain, il faut bien qu'elles viennent, non de l'homme, mais de quelque chose d'autre et de mystérieux.* » (La poésie pure, pp. 111-112.)

Il appert de ceci qu'une fois de plus est confirmé, selon certains auteurs, l'irrationnalisme de la poésie. Nous pourrions renforcer cette opinion par celle de Platon que nous a traduite M. Mario Meunier dans « Phèdre ou la beauté des Ames » (p. 76-82) :

« *Le délire est pour nous la source des plus grands biens. Le délire l'emporte en beauté sur la sagesse, et le don qui vient de Dieu* sur l'art, qui vient de l'homme.

*Quand à celui qui, persuadé que l'art suffit à faire de lui un bon poète, ose, sans le délire que*

---

(1) Donc ne raisonnent pas !

(2) De divin à cause de l'intelligence de l'homme qui lui donne ou non ce caractère.

(3) Et certains aliénés.

*concèdent les muses, approcher les portes de la poésie, celui-là ne fera qu'un poète imparfait, car la poésie d'un homme de sang-froid est toujours éclipsée par celle d'un inspiré.* »

La théorie platonicienne se trouve à nouveau dans la traduction de Chambry, pages 20 et 21 :

« *Comme les Corybantes ne dansent que lorsqu'ils sont hors d'eux-mêmes, ainsi les poètes lyriques ne sont pas en possession d'eux-mêmes quand ils composent ces beaux chants que l'on connaît ; mais quand une fois ils sont entrés dans le mouvement de la musique et du rythme, ils sont transportés et possédés ; le poète est chose légère, ailée, sacrée, et il ne peut créer avant de sentir l'inspiration,* d'être hors de lui et de perdre l'usage de SA RAISON. *Ce n'est pas eux qui disent des choses si admirables, puisqu'ils sont hors de leur bon sens, mais c'est le Dieu même qui les dit et qui nous parle par leur bouche... Les poètes ne sont que les interprètes des Dieux puisqu'ils sont possédés, quelque soit le Dieu particulier qui les possède.* »

Quelle que soit l'expression par laquelle le poète tend à s'approcher de la poésie primitive, il doit diriger tous ses efforts vers ce but qui est d'atteindre le plus possible cette musique intérieure, don que tout effort cultural n'arrivera jamais à remplacer absolument.

Ce qu'il faut, en poésie, c'est s'assimiler la nature.

Despréaux, que cite volontiers l'abbé Brémond, écrivait en 1674 :

« ... *L'art n'étant jamais à un plus haut degré de perfection que lorsqu'il imite ces mouvements de la nature, lorsqu'il ressemble si fort à la nature qu'on le prend pour la nature même.* » (1). (Art Poétique, page 73.)

Il fut un temps où l'on sacrifiait un peu trop à la mode des formes. L'intelligence, certes, peut choisir les idées et les paroles qui sont leur expression et qui impressionnent les sens de l'ouïe, mais cette intelligence organisatrice est impuissante à toucher le cœur et l'âme si l'Amour, c'est-à-dire les puissances de sentiment, ne vient à son secours. On peut se demander jusqu'à quel point ce qu'il est convenu d'appeler « Poésie pure » ne se confond point tout simplement avec ce que certains philosophes ont dénommé : l'Ame universelle, l'Ame du monde, la lumière astrale, le Char subtil, l'Akasa, l'Esprit, l'Universel fluide, la matière subtile, le Nervisme, etc., cet « inconnu » provoquant des effets particuliers qui semblent être, pour ceux qui n'approfondissent pas les choses, les désordres de la

---

(1) C'est pourquoi il y a presque toujours un certain panthéisme chez les poètes.

sensibilité, de l'intelligence et de la volonté. Suivant l'expression de Maeterlinck, le « Temple enseveli » possède des facultés sublimes.

*A nous qui ciselons des vers comme des coupes.*

Est-il plus heureux pour nous que l'engouement qu'exprimait Verlaine dans cet alexandrin semble un peu passé ? ce qui ne nous empêche nullement d'être de l'avis de Brémond quand il écrit :

« *Aujourd'hui, nous ne disons plus : dans un poème il y a de vives peintures, des pensées ou des sentiments sublimes, il y a ceci, il y a cela, ou de l'ineffable. Nous disons : il y a d'abord et surtout de l'ineffable, étroitement uni d'ailleurs à ceci et à cela. Tout poème doit son caractère proprement poétique à la présence, au rayonnement, à l'action transformante et unifiante d'une réalité mystérieuse.* » (La Poésie pure, p. 16.)

Cet ineffable, il n'est point besoin de le dire, n'est autre que la poésie. Et cette citation ne fait que confirmer l'âpre désir que nous avons tous de trouver, de découvrir dans un poème, un peu de poésie et la vérité scientifique partout où elle peut se trouver.

M. Jules de Gaultier, dont l'article déjà cité serait tout à donner ici, disait :

*« La poésie, étant tenue comme les autres arts pour une valeur supérieure, l'amour-propre, au sens fort de La Rochefoucauld, incite certains hommes à se concevoir poètes. Par cette conception d'eux-mêmes, s'ils réussissent à se l'imposer ou à l'imposer aux autres, ils se haussent à leur propre vue soit d'un regard direct, soit par le secours de l'opinion des autres. Or, si l'émotion ne s'improvise pas qui justifie et exige l'emploi de l'instrument lyrique, l'instrument existe et tout homme quelque peu cultivé peut apprendre à s'en servir. Il y a même, pour les moins habiles, des outils en quelque sorte matériels, tels que les Dictionnaires de rimes, par lesquels le travail est simplifié...*

*... Du jour, et cela remonte assez loin, où il fut possible d'acquérir au bazar le bijou d'un sou (que l'on se souvienne de Verlaine), certains esprits n'hésitèrent pas à s'en parer sans raison. »* (pp. 525-526.)

Versificateurs ? Aurons-nous le courage de proclamer et en répétant qu'il ne faut pas confondre poésie et poétique, c'est peut-être au Dictionnaire de rimes que sont dus nos plus beaux vers. Et c'est ainsi ! Pourquoi ? parce que toutes sortes de tendances, émotions poétiques, sont contenues dans notre âme à l'état subconscient. Vers quoi tendent-elles ? Avant tout à se réaliser mais elles ne peuvent elle-mêmes s'en rendre compte. Il n'y a pas d'idées, de systèmes, de conception qui leur conviennent plus particulièrement. Qu'est-ce qui peut alors cristalliser, fixer, orienter cette « diathèse » poétique ? Un seul mot, parfois, auquel on ne pensait pas et qui vous est suggéré par un dictionnaire ou autre moyen. Et le sens du mot n'a rien à voir, du moins sa signification à portée usuelle. C'est le côté plastique, musical, du mot ; et ce mot rime, clef de voûte du système rythmique, appelle autour de lui d'autres mots, qui sont choisis parce qu'ils ont avec lui des affinités, relations, parce qu'ils se cristallisent dans son système ; qu'ils lui servent d'harmoniques, de vibrations complémentaires, etc... On peut être persuadé que José Maria de Heredia, a construit certains de ses sonnets autour d'un mot, qui est musicalement d'abord, la clef de ce sonnet.

A son tour, M. F. Myers, dans un article sur Wordsworth, prétend — et combien il semble avoir raison ! :

« *Comme tous les arts, la poésie est essentiellement mystère. Son charme est fait de certaines qualités qu'il est impossible, soit de définir exactement, soit de réduire à l'état de règles, soit de reproduire à volonté, mais cette impos-*

*sibilité manifeste, on aura toujours beaucoup de peine à la reconnaître et l'on verra périodiquement surgir des hommes qui tâcheront de se persuader qu'ils ont enfin trouvé la recette des beaux vers.* »

A la réflexion, il ne semble pas que telles prétentions soient tellement regrettables; pour dire vrai, elles nous paraissent assez inoffensives. Toutefois, ce qui ressort nettement de cet état, qu'il est aisé de rencontrer dans notre littérature, c'est que les adeptes font de la *poétique,* non de la *poésie.*

Nous verrons plus loin la différence qu'il y a entre le poète qui se sert des règles (ces outils matériels mis à la disposition de « Monsieur Tout le monde », comme eût dit Théophile Gautier) pour exprimer sa poésie, son chant, et celui qui s'en sert pour trouver, chercher la poésie...

Dès l'instant où la poésie veut s'extérioriser, s'exprimer, elle perd, selon ce que nous avons lu précédemment, de sa pureté. Une phrase de Paul Claudel nous confirme cette opinion (1)

« *La voix a ses lois, l'âme a ses exigences qui ne sont pas celles de la logique et de l'écriture.* »

Et ce sont précisément ces lois — lesquelles permettent l'extériorisation de la poésie qui est

(1) Cité dans *Prière et Poésie,* p. 14.

au cœur de l'homme, que nous voudrions bientôt étudier.

Pour définir le mystère qu'est la poésie, ce qui précède nous semble insuffisant et nous nous en voudrions si nous n'insistions plus particulièrement sur ces réactions dont nous parlons plus haut.

Nous avons dit qu'il importait peu que la poésie s'exprimât en vers, en prose, en peinture, en sculpture, en architecture — cette autre forme de la sculpture basée sur le rythme des masses — en musique ; la poésie est universelle ; elle est partout. C'est là la théorie du Dieu de Bernardin de Saint-Pierre. Il n'est pas jusqu'au plus petit brin d'herbe, au plus infime nuage, au plus léger souffle qui n'ait sa poésie. (1)

Sans arriver à la catharsis — qui est l'ultime purification et, partant, l'inexprimé — toute chose, toute vie, tout objet atteint, dans sa plus grande pureté, à la poésie la plus vraie, la plus sincère, la plus profonde.

Qui de nous ne connaît les beaux vers de Lamartine :

*Objets inanimés, avez-vous donc une âme*
*Qui s'attache à notre âme et la force d'aimer ?*

Il ne suffit pas d'évoquer tel ou tel autre sentiment grandiloquent, serait-ce dans la forme

(1) Dans l'esprit de l'homme.

classique la plus impeccable, pour cotoyer la poésie. C'est revenir en cela à la théorie de Jules de Gaultier qui la raille assez hautement : « *Tout n'est que versification pure dès que l'âme ne participe pas, ne chante pas* ».

La poésie, elle, est plus vaste et plus ignorée ; elle est l'aspiration vers une beauté, une splendeur quasi-surnaturelle, c'est l'âme frisant le paroxysme de son débordement, l'apogée d'une élévation insolite et d'un transport qui peut avoir côtoyé la raison au passage, mais qui l'a abandonnée dès que celle-ci n'était plus à hauteur de sa sublimité.

Tout le monde est poète, — à certaines heures, à certains âges, en certaines circonstances, mais, ainsi que l'écrit M. Maurice Dufrène dans les « Poèmes du Silence » (1) : « Combien sont-ils, ceux qui inventent les sommets ? »

Toute la question est là : il ne suffit pas de subir pour enchanter, il faut transmettre, il faut chanter, réaliser. C'est pour ce faire que le poète emploie le verbe, la peinture ou le marbre ; il affecte à la naïve pureté de son rêve l'affaiblissement, la fadeur de matériaux souvent ternis, vieillis à l'usage, matériaux incomplets qui ne disent jamais tout ce qu'il a obscurément pressenti et deviné.

(1) *Mercure de Flandre*, éd.

## CHAPITRE III

# EXTÉRIORISATION DE LA POÉSIE

C'est une erreur d'interprétation que de dire : « La poésie s'extériorise en mots ». De Gaultier, en dépit de sa clairvoyance habituelle, nous paraît avoir commis cette faute d'appréciation en édictant : « La poésie est un art qui emploie le mot comme moyen d'expression ». C'est « comme *matière d'expression* » qu'il fallait dire.

Peut-être nous répondrait-il que le problème qu'il étudiait n'intéressait précisément que la « poésie *parlée* », en auquel cas il aurait peut-être raison, mais il nous apparaît qu'il serait présomptueux de donner à la poésie un sens général dans un ordre d'idées individuel avant tout.

Nous pourrions d'abord lui retourner sa propre phrase, par ailleurs très vraie :

« *Ce qui est énoncé tout d'abord comme un absolu laisse voir bientôt ses limites et ses contradictions.* » (P. 514.)

Que le lecteur le sache bien : ce serait une erreur de prétendre que la poésie ne peut se manifester autrement que par le verbe, et nous n'en sommes pas dupes.

Le poète doit autant que possible incorporer par sa sensibilité et son inconscient le monde à son intelligence, puis il doit les séparer de nouveau dans un raffinement qui permet de les refléter l'une dans l'autre. Volupté de Narcisse panthéiste qui voit son image propre trembler, ondoyer, scintiller dans le miroir de l'eau, de l'ombre et de la lumière et aussi dans le rayonnement éblouissant du grand tout. Satanique, le Poète ose se déifier lui-même. Le sujet intime du rêve, il faut ce courage de nous l'avouer, c'est toujours soi-même. Et lorsque nous cherchons l'extériorisation de notre pensée par la typographie, c'est un prolongement sensuel de notre pensée, impuissante sans la diapsora, qu'instinctivement nous cherchons. Et c'est pourquoi le lecteur trouve à son tour dans l'extériorisation typographiée une véritable satisfaction de désirs psychiques qui se réalisent dans une réaction sensuelle provoquée en lui par le complémentaire actif qui est l'auteur, le poète. Tout est sensualité, tout est volupté ou douleur (ce qui est la même chose souvent).

S'il veut s'exprimer, le poète est contraint de se servir des mots. Les mots sont chargés de véhiculer l'ultime poésie qui l'agite afin d'aller rejoindre chez le lecteur le divin inconscient qui permettra à celui-ci de s'assimiler la sensation du poète.

Mais avant d'étudier la valeur sonore et émotionnelle des mots, il serait avant tout nécessaire de connaître ce qu'ils sont.

« *A l'origine, selon sa forme ancestrale, le langage fut tout d'abord le prolongement et l'extériorisation dans le milieu sonore, de la vibration nerveuse identifiée avec la réalité même de l'émotion physiologique* » (1).

Jules de Gaultier a donné d'ailleurs la plus juste définition qui soit peut-être de la Poésie pure :

« *Faut-il donc nommer poésie pure, cette onomatopée première qui, extériorisant la vibration nerveuse par l'entremise des cordes vocales reconstitue dans le milieu sonore le diagramme précis de la vibration nerveuse telle qu'elle s'est développée dans le milieu physiologique en ter-*

---

(1) Jules de Gaultier : Vie mystique de la Nature. Crès et Cie., p. 160.

*mes de mouvements discontinus et silencieux ?* » (1).

Et il ajoute ceci, que nous soulignons tant son importance nous semble considérable pour ce qui nous intéresse :

« *Avec le cri, le mystère de l'individu, ce* discontinu distinct, *se résout par l'évasion de la forme où il est inclus, dans la relation renouée avec tout le reste.* »

Nous ne saurions trop insister sur la précision de cette thèse : à l'origine, l'homme ne pouvait s'exprimer que par cris, différents selon les individus, et issus de la vibration nerveuse. Les réactions psychiques donnaient des sons sur lesquels, peu à peu, les êtres arrivèrent à s'accorder une communauté de pensée, ou plutôt d'expression : les premières bases du langage étaient créées.

A la longue, de retouches en retouches, d'adjonctions en modifications et surtout de concessions en concessions, ils parvinrent à établir, à ordonner un vocabulaire, lequel, s'améliorant à mesure (*quant à la facilité oratoire et non quant au sens biologique*) devint celui dont nous nous servons actuellement.

Le cri, qui est la base de la phonétique, paraît

---

(1) *Mercure de France*, 1er novembre 1926, p. 518.

être le plus riche élément de l'extériorisation parlée et la poésie qui veut se préciser semble devoir le plus possible rejoindre ce diagramme précis dont parle de Gaultier, qui n'est autre que l'humain graphique des sensations ressenties, exposées extérieurement.

Les influences étrangères, les faits touchant l'individu et déclenchant la réaction, la vibration psychologique, amenant la nécessité de l'extériorisation sonore, enfantent une force intérieure régénératrice qui puise en elle-même des motifs nouveaux de s'alimenter. Robert de Souza, abordant résolument le problème, écrit :

« *Cette force et ces mouvements sont extériorisés par le langage, mais devons-nous nous demander de quelle façon s'y prête — indépendamment du sens des mots — sa matière phonétique, cette suite de sons produits par un ensemble d'organes qui les modifient selon les lieux, les races, les familles et les individus, et nous devons constater que ces éléments seuls, autant qu'émotifs, sont signifiants. Quels que soient en effet leurs modes, les sons du langage plus ou moins nombreux, plus ou moins isolés ou groupés, prennent de multiples valeurs de signification par eux-mêmes. Vrai, dès l'origine du cri, pour l'animal comme pour l'homme, cela est encore plus vrai après des siècles de perfectionne-*

*ment d'un parler humain devenu une langue organisée, même au stade graphique de sa codification grammaticale. Le sens de la* phrase dite *sera toujours non seulement plus riche (ce qui va de soi), mais plus précis que celui de la* phrase écrite ; *aussi dépouillée de toute affectivité, aussi abstraite qu'elle puisse être. Par leurs seules intonations, le langage musical en dehors du verbe et le langage verbal possèdent une qualité sémantique commune* » (*Débat sur la Poésie, p.* 262-263).

Le poète qui veut extérioriser sa poésie est forcément contraint d'employer les mots de tout le monde — et c'est là que réside le drame des poètes scrupuleux.

Le fait d'employer le vocabulaire courant n'est qu'une phase de la tragédie, celle-ci se retrouve en musique comme en tous les arts. Sur une phrase de Paul Claudel, l'abbé Brémond a donné quelques précisions dont on saisira toute l'importance :

« *Animus et Anima : la raison et la poésie. Les mots considérés dans leur être naturel, c'est-à-dire comme des signes des idées, appartiennent au maître exclusif des idées, c'est-à-dire à Animus. Il les a façonnés à son image, les rationalisant jusque dans les moelles. Lorsque Anima veut parler, force lui est bien d'emprunter le lexique d'Animus. Mais sans rien leur enlever de ce qui fait leur substance, à savoir la propriété de représenter des idées, ces mots qu'elle emploie, elle a le secret de les associer tels quels à son activité propre ; de leur transmettre ses propres vibrations, de leur insuffler sa propre vie, transmutation indéfinissable, mais qui est un fait d'expérience. Animus écoute cette chanson et il rit de son gros rire : « Eh, dira-t-il, elle m'a pris tous mes mots et sans ajouter l'ombre d'une nuance nouvelle aux idées qu'ils représentent, alors, à quoi bon tant d'embarras?* » C'est là, comme on se le rappelle, le raisonnement très juste de l'esthétique rationaliste ; la raison n'étant accessible qu'au didactisme, toute poésie lui est fermée. Oui ou non, lui apprenez-vous quelque chose ? Si oui, vous ne faites que ce que la prose peut faire aussi bien et mieux ; si non, taisez-vous.

*Et pourtant elle est immortelle*
*Et ceux qui se sont passé d'elle*
*Ici-bas ont tout ignoré.* » (1)

Paul Claudel dit plus loin :

« *Tout ne va pas bien dans le ménage d'Animus et d'Anima : l'esprit et l'âme (la raison et la*

(1) *Prière et Poésie*, p. 77-78.

*poésie). Le temps est loin, la lune de miel a été bientôt finie, pendant laquelle Anima avait le droit de parler tout à son aise et Animus l'écoutait avec ravissement ; après tout, n'est-ce pas Anima qui a apporté la dot et qui fait vivre le ménage ? Mais Animus ne s'est pas laissé longtemps réduire à cette position subalterne, et bientôt il a révélé sa véritable nature, vaniteuse, pédantesque et tyrannique, Anima est une ignorante et une sotte, elle n'a jamais été à l'école, tandis qu'Animus sait un tas de choses et il a lu un tas de choses dans les livres. Tous ses amis disent qu'on ne peut pas parler mieux qu'il ne parle. Anima n'a plus le droit de dire un mot,* il sait mieux qu'elle ce qu'elle veut dire. » (Phénomène des mots s'imposant d'eux-mêmes à la poésie — à la musique intérieure. Ceci nous rappelle une curieuse phrase de Bergson : Il serait facile de philosopher si des idées toutes faites ne venaient s'interposer entre notre pensée et son extériorisation.) « *Animus n'est pas fidèle, mais cela ne l'empêche pas d'être jaloux, car dans le fond il sait bien (non : il a fini par l'oublier) que c'est Anima qui a toute la fortune, lui est un gueux et il ne vit que de ce qu'elle lui donne. Aussi il ne cesse de l'exploiter, et de la tourmenter pour lui tirer des sous. Elle reste en silence à la maison à faire la cuisine et à nettoyer tout comme elle peut. Dans le fond, Animus est un bourgeois, il a des habitudes régulières,* il aime qu'on lui serve toujours les mêmes plats. *Mais il vient d'arriver quelque chose de drôle. Un jour qu'Animus rentrait à l'improviste, il a entendu Anima qui chantait toute seule, derrière la porte fermée, une curieuse chanson,* quelque chose qu'il ne connaissait pas. *Pas moyen de trouver* les notes ou les paroles ou la clef. *Une étrange et merveilleuse chanson. Depuis il a essayé sournoisement de la lui faire répéter, mais Anima fait celle qui ne comprend pas. Elle se tait dès qu'il la regarde.* L'âme se tait dès que l'esprit la regarde. (*Prière et Poésie, p.* 112-113).

Sur un ton volontairement badin, cette citation ne contient-elle pas tout le secret de la poésie ?

Nous voici arrivés dès lors à l'explication de la transmutation de l'idée poétique dans les mots et pourtant ceux-ci sont incomplets. Il nous apparaît qu'ayant été créés à la suite d'essais ancestraux, *lesquels ont nécessité beaucoup de concessions* de part et d'autre, concessions réciproquement accordées afin de permettre un échange de sensations accessibles à la masse, alors qu'auparavant l'onomatopée individuelle n'autorisait pas le commerce entre humains, il nous apparaît, disons-nous, qu'il serait vain de croire que, comparativement au phénomène originel de la vibration sonore, les mots expriment toute la sensation biologique et partant toute la sensation poétique.

Les mots : domaine de la raison, d'Animus, selon le joli mot de Claudel, ne sont que de faibles adaptations des onomatopées primitives.

Leur emploi, en obligeant la poésie à entrer en contact avec la raison, ne concède pourtant à cette dernière qu'une part purement secondaire ; la raison qui crée l'expression n'est qu'une porte de sortie par laquelle la poésie s'extériorise, plus ou moins imparfaitement, ceci étant alors une question de souveraine grâce et de génie.

Le fait de se servir des mots conduirait la poésie vers un art didactique et essentiellement rationnel, non seulement quant à l'expression, mais également quant au sens ; heureusement pour les muses, la vraie poésie, la plus pure, celle qui essaie le plus possible de rejoindre la « musique intérieure », emploie surtout les mots qui lui semblent les plus propres — par leur sonorité et leur composition votive — à l'exprimer.

En effet, il se rencontre souvent que la poésie *impose* pour s'extérioriser des mots qui individuellement ne paraissent point posséder le sens qu'on leur pressent alors ; il faut admettre à ce moment que la poésie irrationnelle est supérieure à la raison, puisqu'elle ne s'en soucie plus.

Pourtant, que l'on ne s'y trompe pas. En écrivant ceci, nous pensons à un mot : « métaphore ». Non, il ne faut surtout pas croire, partant de ce principe, que métaphore signifie poésie ; ce n'est là qu'un des « artifices sacrés » de l'intelligence dont nous parlions plus haut.

Néanmoins, la métaphore, est, avec la comparaison proprement dite, comme la monnaie courante de l'expression poétique. Pourquoi ? Peut-être parce qu'elle est de tous les procédés d'expression le plus créateur « *Ce lion furieux s'élança* » cette figure ne nous montre plus Achille ni un lion, mais un composé idéal où les caractéristiques du lion et du guerrier ne sont associées, même profondément confondues. Peut-être aussi parce que, calcul rapide et donnée sympathique, elle contient un rapport, le même certes que celui de la comparaison, mais qui, simplifié et accéléré, dépouillé de tout l'appareil logique de la comparaison : (Comme... de même que... etc.) est plus digne de traduire et de suivre avec une légèreté ailée cet autre apport, ce rythme profond que l'intuition perçoit entre les différentes choses et les divers aspects de la nature.

Dans le « *Problème du Style* » réponse de Rémy de Gourmont à Antoine Albalat il y a de curieuses remarques sur la comparaison et la métaphore dont nous conseillons la lecture.

Résumons-nous au sujet de la Métaphore en disant qu'elle doit jouer par rapport à l'image simple, le rôle que joue l'algèbre par rapport à l'arithmétique : elle permet à l'esprit des opérations rapides et de calculer avec des groupes de valeur et non des valeurs simples, et c'est par la métaphore (comme en philosophie par le symbolisme de la Kabbale) (1) que l'on peut arriver à exprimer l'inexprimable.

L'insuffisance du vocabulaire oblige parfois à employer des néologismes, licence quelquefois heureuse qui enrichit la langue lorsqu'elle est justifiée. Nous pensons toutefois qu'il serait présomptueux d'en abuser.

On se souvient de la rime fameuse qui fit que Pierre Louys devint l'un des familiers de José-Maria de Hérédia (1).

L'auteur des « Trophées » cherchait une rime à « domptée ». Celui d' « Aphrodite » lisait Ron-

(1) Gustave Kahn dans « Les Nouvelles Littéraires » du 10 août 1929 : « Quand le symbolisme se formula, les occultistes lui firent « fête. Le mot symbolisme ne les effrayait pas. Ils avaient cela dans « leur grimoire pour caractériser leurs façons de comprendre l'his « toire ou plutôt la légende qu'ils substituaient à l'histoire. Nous, « nous étions trop soucieux de tout merveilleux et de toute nuance « de fiction pour ne point nous enquérir de leurs recherches immé « moriales ou toutes récentes. »

(1) Voir *Mercure de Flandre*, mai 1928.

sard et remarque « Thermodontée » qui n'est autre que la traduction de Properce de « Thermodonteis », néologisme grec de

θερμωδόντειος de θερμώδων régulier.

Conclusion : de Hérédia l'emploie, confirmant ainsi un néologisme vieux (si l'on peut dire) de nombreux siècles ; il se trouve que dans le sonnet de Hérédia, le mot s'enchâsse merveilleusement et donne à l'alexandrin un poids tout particulier qu'il n'eût certes pas eu sans son secours. Qu'on en juge :

*Hyppolite expirante et non encor domptée*
*Rougir d'un sang royal l'onde thermodontée.*

vers où les allitérations sont incontestablement parfaites et poussées au plus haut souci de la phonétique prosodique.

Certains néologismes apparaissent comme des combinaisons sonores où une âme a voulu créer sa langue (1).

---

(1) Citons encore « une cloche *angéluse* en paix » (Laforgue). « L'eau dormeuse aux *enlacis* mourants » (Samain).

D'autres sont des transpositions directes de vocables latins ou grecs, où l'auteur joue merveilleusement de ce caractère hybride, antique et neuf, scientifique et classique qui est celui de mots comme *torpide — nyctalope.*

En prose on en trouverait de nombreux, surtout dans la préface des *Fleurs du Mal* de Baudelaire : aromal — immarcessibles.

Selon la remarque si juste de Plowert (Gloss., p. 11) les modifications de suffixes visent à enrichir la gamme des homonymes « ance » marque particulièrement une atténuation du sens primitif qui devient alors moins déterminé, plus vague, et se nuance d'un recul : Ex. ; lueur, luisance. Lueur c'est l'effet direct d'une

. . . . . . . . . . . . . . . . . . . . . . . . . .

*... Des roses ! Des roses encor !*
*Je les adore à la souffrance*
*Elles ont la sombre* attirance
*Des choses qui donnent la mort.*

(A. Samain : *Heures d'été :* AU J. DE L'INF.)

Le cas cité de Heredia n'est là qu'un exemple, il y aurait faute à considérer que le néologisme s'impose toujours, car enfin, la poésie n'a pas pour but de devenir hermétique, tellement personnelle qu'en dépit d'une musicalité peut-être très réelle, elle deviendrait inférieure à la musique initiale et déjà si inassimilable en son essence.

Le fait que la poésie est contrainte d'employer les mots pour s'exprimer lui nuit considérablement, parait-il. En effet, « *le soin de trouver des paroles nuit beaucoup aux mouvements du cœur* » (1). N'oublions pas que si le poète se sert des mots, c'est ainsi que le dit l'abbé Brémond, « *en sa qualité d'animal raisonnable, et non en sa qualité de poète* ».

L'essentiel pour lui est d'arriver à enclore en ces mots son rêve intérieur. A quoi reconnait-

---

flamme. Luisance sera un reflet de flamme dans un panneau verni... « Mais, même si ces créations ont une explication logique, elles sont surtout dues à cette tendance moderne de la sensibilité à s'affirmer, comme à multiplier les touches de son registre, et cela, pour refléter plus exactement la complexité d'impression du monde moderne.

(1) Hamoir : *Traité de Piété*, tome II, p. 467. 1869.

on qu'un poème est poétique ? Précisément à ce que l'auteur y est plus ou moins parvenu.

« *Tout poème doit son caractère proprement poétique à la présence, au rayonnement, à l'action transformante et unifiante d'une réalité mystérieuse que nous appelons poésie pure* », confesse l'académicien.

Il importe peu que les mots employés, pris individuellement, ne renferment plus le sens qu'on leur pressent dans leur ensemble. Nous n'irons pas jusqu'à prétendre, avec Marcel Proust, que les vers sont « *d'autant plus beaux qu'ils ne signifiaient rien du tout* » (1).

Sous des dehors ironiques et nonchalants, ce serait commettre une immense bévue. Mais il va de soi que l'intelligibilité n'est nullement indispensable à la beauté des vers.

Nous apportons certes de fortes restrictions à ce qu'écrit l'abbé Brémond : « L'intelligible n'est ni amusant ni poétique », car selon cette affirmation, la description de la course des astres, étudiée au télescope par un Théo Varlet et notée avec un enthousiasme de pénétration lucide ne serait pas poétique. Qui oserait soutenir cela ?

---

(1) *Du côté de chez Swann*. N.R.F., p. 89.

Nous préférons de beaucoup cette phrase de Gustave Flaubert : « Un beau vers qui ne signifie rien *est supérieur* à un vers moins beau qui signifie quelque chose », car Flaubert tient compte de la comparaison entre un beau vers et un vers *moins* beau.

Revenons à l'abbé Brémond qui prétend encore : « Il est beaucoup de vers dont nous ne vantons l'harmonie, d'ailleurs réelle, que dans l'impuissance où nous sommes de qualifier autrement leur étrange séduction » (*Poésie pure*, p. 24).

Des vers comme ceux-ci, incontestablement émouvants et poétiques, et parfaitement intelligibles, donnent raison à la phrase de Flaubert :

Voici, d'Anatole France :

*Les vieilles, en leur temps jeunes et désirées.*

de Malherbe, le vers fameux :

*Et les fruits passeront la promesse des fleurs.*

plus près de nous, de Maurice Rostand :

*Qu'importe le cueilleur si la rose est cueillie ?*

que l'on peut rapprocher du trop connu « Qu'importe le flacon... » de Musset.

Il arrive que les mots s'adaptent d'eux-mêmes à la poésie que le poète veut exprimer. Heureux celui qui peut trouver, sans les chercher, les expressions adéquates à son rêve.

Charles Bally écrit à ce sujet, dans son livre « Le langage de la vie » (p. 36 et 37) :

« *Le fonctionnement du langage est en grande partie inconscient, nous ne pensons jamais aux innombrables représentations que notre esprit est obligé d'associer et de combiner pour la moindre phrase que nous prononçons. C'est inconsciemment que nous choisissons dans la conversation les mots qui nous paraissent les plus compréhensifs et les plus expressifs, inconsciemment que nous forgeons parfois des mots nouveaux* (Nécessité de ces néologismes dont nous parlions plus haut et que l'on rencontrera parfois chez un Théo Varlet, chez qui le large emploi du vocabulaire scientifique prouve la faiblesse qu'il n'avait manqué de rencontrer dans le langage courant), *que des analogies obscures* (analogies nous faisant retrouver, plus ou moins bien, la modulation primitive par l'assemblage de sonorités les plus afférentes au diagramme de la sensation à exprimer), *inconscient aussi le travail spontané de compréhension de l'interlocuteur.* »

Ceci expliquerait peut-être l'aveu de Gérard de Nerval qui prétendait que ses « *sonnets perdraient de leur charme, résidant dans la rencon-*

*tre des mots, s'ils venaient à être expliqués, en admettant que cela fut possible.* »

Le fait du néologisme auquel nous ramène la relation précitée nous évoque une phrase de Jules de Gaultier, qui nous parait, comme sur bien des points de ce vaste sujet d'ailleurs, être en possession de lumières parfaites et des plus approfondies :

« *Le Labeur poétique tendra donc, parmi les divers termes qui expriment des sens voisins, à choisir en chaque occasion, par rétrospective divination, celui dont la forme sonore sera le mieux consubstantielle à la sensation mère du concept énoncé.* » (1)

C'est lui également qui écrira, dans « La vie mystique de la nature » (p. 185-187), expliquant ainsi tout le parti que le poète doit savoir tirer des mots :

« *Ceux qui ont appris à tirer le mieux et le plus complètement parti de cette parcelle de feu primitif, demeurée dans le langage et dont les mots sont illuminés, ce sont les artistes, ceux qui aiment les mots pour tout ce qu'ils contiennent* au delà du sens conventionnel de vie latente ».

A ce sujet, on connait l'aveu de Rémy de Gourmont, rapporté par M. René Lalou dans

(1) Essai de physiologie poétique. *Revue Blanche*, mai, juin, juillet 1894.

son « Histoire de la Littérature Française contemporaine (2) : « *Les mots m'ont donné peut-être de plus nombreuses joies que les idées* ».

Nous avons tout d'abord vu, par un rapide exposé, l'état actuel et immuable, de la poésie, nous avons ensuite tenté d'étudier l'origine de cette poésie et enfin l'emploi des mots nécessaires à son extériorisation. Nous parvenons maintenant au chapitre le plus long peut-être de la prosodie : des règles.

---

(2) Crès éditeur, Paris, 1928 (p. 293).

# CHAPITRE IV

# LES RÈGLES

Les mots employés par le poète n'ont pas suffi. Il fallut que celui-ci inventât un ordre précis pour que l'expression de sa poésie — en dehors de sa plénitude personnelle — rejoignît cet art inné du rythme et de l'harmonie.

Harmonie qui fera dire à Walter Pater que tout les arts aspireraient à rejoindre la musique, ainsi que nous l'écrivions plus haut.

Qu'est-ce que la règle ? Un essai purement technique à l'origine et sur lequel les poètes primitifs ont fini par s'accorder une réalité de pensée.

On pourrait croire que la métrique actuelle n'est en fait que la reproduction approximative de l'état vital du premier poète qui l'imagina ; mais ce serait une singulière erreur que d'affirmer qu'un vers a pu être inventé, trouvé dans une conscience personnelle. Il n'y a pas, en littérature, de ces créations spontanées. Cette forme de l'alexandrin a dû commencer par être à l'état d'ébauche éparse dans différentes consciences poétiques. A qui fera-t-on croire qu'une quantité de génies classiques ou autres ait accueilli cette forme par esprit moutonnier ou respect des traditions ? Admettons qu'Alexandre l'ait mise au point, vulgarisée. Boileau peut vilipender Ronsard, il n'emploie pas d'autres vers que les siens.

Cependant, il ne saurait être question de rendre la métrique intangible. Systématiquement et dans tous les domaines tout doit être mis en doute et vérifié.

M. Paul van Tiéghem, dans son étude « Le Préromantisme européen (p. 24) traduisant un passage du livre de M. Giordano Burno : « Del Eroïci Furori », nous y relevons : « *Les règles dérivent de la poésie et il y a autant d'espèces de vraies règles qu'il y a d'espèces de vrais poètes* ».

Avant de chercher à savoir quelle raison fit admettre certaines règles que nombre de poètes ignoraient jusqu'alors, nous allons précisément étudier tout d'abord la forme à laquelle nous sacrifions si souvent et que semble railler le Virgile d'Anatole France.

Cette forme a différents dérivés, tous issus d'elle: sonnet, ode, ballade, etc... Le sonnet étant l'expression la plus courte quoique la plus entravée, c'est à ce genre que nous nous attacherons particulièrement.

Nous savons que, classiquement, celui-ci se compose de quatorze alexandrins décomposés eux-mêmes en deux quatrains et deux tercets, rimes alternant entre elles. D'aucuns se demandent peut-être pourquoi le vers de douze pieds ou syllabes est appelé alexandrin.

Il porte ce nom d'une chanson de geste du moyen âge sur Alexandre le Grand, qui « lança » ce vers. Il y a d'ailleurs d'autres explications de ce mot, ce serait le poète romancier Alexandre de Paris, l'auteur du poème sur Alexandre, auquel le nom ferait allusion.

D'ailleurs, que le sonnet soit octosyllabique (huit pieds), alexandrin ou décasyllabique (dix pieds), il n'importe. La forme reste identique et c'est à celle-ci que nous en voulons.

Beaucoup s'imaginent qu'il suffit d'avoir une idée, de l'accommoder en un sonnet pour que celui-ci soit poétique. C'est là une grave erreur.

Si l'on considère que les formes de la prosodie sont les fruits d'expériences répétées et personnelles, on admettra sans peine, par le même coup, que ces expériences étaient également individuelles quant au sens ; ce n'est qu'à l'usage que les poètes sont arrivés, de retouches en rectifications, à se consentir mutuellement une règle d'adaptation.

Partant, il nous apparaît que, si le sonnet a été créé pour l'envol *de certaine sensation personnelle à l'origine* (nous n'insisterions trop sur cela), il y aurait présomption à penser que celui-ci pourrait éventuellement être adapté à toutes; nous pensons également d'autre part que l'ode, l'élégie, la ballade et toute autre forme classique ne peuvent elles non plus contenir *obligatoirement et immanquablement* la poésie qui veut s'extérioriser; chaque forme sert ou plus exactement s'adapte mieux à l'un ou l'autre sentiment que l'on veut rimer. Par là, nous ne prétendons pas que l'on soit contraint d'employer telle ou telle autre sensation intérieure; ce serait d'une étroitesse impossible et odieuse; mais plutôt que certaines formes se prêtent mieux que d'autres pour le rythme et l'envol de ce que l'on veut dire.

Nombre de poètes, même dignes du nom, pensent qu'il suffit d'enclore une pensée, un rêve, une vibration dans quatorze vers pour que ce soit un sonnet parfait. La décadence rapide du Parnasse a prouvé que ce n'est pas la poésie qui doit se plier au graphique du sonnet, mais le sonnet (si celui-ci s'impose) qui doit divinement l'encadrer. Il en est de même pour tous les autres composés expressifs de la prosodie classique.

Robert de Souza a écrit cette phrase qu'il nous plait de rapporter ici : « *Un poème étouffe la poésie qu'il contient,* lorsqu'elle ne commande pas sa poétique. » (*Un débat sur la Poésie,* p. 211).

Louis Bouilhet, qui fut un parfait poète, a publié un sonnet où il expose sa conception poétique. Ce sonnet est l'image nette de l'époque troublée à laquelle Bouilhet vivait — époque où la poésie devenait de plus en plus graphique et tendait même vers un graphisme intégral. Le voici :

*LA POESIE*

*Je n'entrerai pas là, dit la belle en riant*
*Je vais faire éclater ce corset de Procuste.*
*Puis elle enfle son sein, tord sa hanche robuste*
*Et prête à contre-sens un bras luxuriant.*

*J'aime ces doux combats et je suis patient.*
*Dans l'étroit vêtement qu'à sa taille j'ajuste,*
*Là serrant un atour, ici le déliant,*
*J'ai fait passer enfin tête, épaules et buste.*

*Avec art, maintenant, dessinons sous ces plis*
*La forme bondissante et les contours polis.*
*Voyez! la robe flotte et la beauté s'accuse.*

*Est-elle bien ou mal en ces simples dehors ?*
*Rien de moins dans le cœur, rien de plus sur le corps :*
*Ainsi me plait la femme, ainsi je veux la Muse !*

Sans nier le réel talent de l'auteur, nous estimons qu'une telle conception de l'expression poétique tient plus de l'arithmétique que de la poésie réelle ; convenons que ce travail exclusif d'adaptation est singulièrement cérébral, *rationnel.* C'est un plaisir que construire et résoudre un problème algébrique, mais dans le cas présent il faut avouer que c'est terriblement ravaler l'extériorisation de la poésie, de la musique intérieure, au niveau d'une jonglerie ?

Où est la spontanéité? Où est la franchise?

Inexistantes l'une et l'autre, puisque telle expression d'elles-mêmes doit, sitôt que conçue s'adapter rigoureusement à une forme, à une formule, à un cadre, et n'en sortir sous peine d'être considérée comme une faute.

Nous pensons qu'en poésie il ne saurait être question d'échelle, ni même plus simplement d'accommodement ; à notre avis, le poète qui veut dire quelque chose ne doit pas s'écrier : « Je vais faire un sonnet ! » ou « une ballade », mais bien plutôt laisser parler son cœur. Ce n'est qu'au fur et à mesure qu'il donnera à l'extériorisation de celui-ci la forme adéquate et sincère qui lui convient.

Il doit comprendre, s'il veut écrire classiquement, qu'il faut avant tout savoir discerner ce qui s'adapte le mieux — recréant l'état du premier poète qui l'inventa — à la poésie qui fermente en lui et qu'il veut concrétiser.

Mais nous reviendrons à la poésie classique tout à l'heure ; notre but est, avant tout, non pas de tenter l'explication de la poésie ou prosodie cataloguée, *qui n'est pas une règle immuable mais une habitude, ce qui est totalement différent,* mais bien celle que certains ne veulent pas considérer comme susceptible d'être poétique : « la prosodie libre ». Nous posons l'adjectif en pensant qu'il ne nous sera pas disputé.

« *Il n'est pas de règle immuable* ». En effet, ainsi que nous l'avons écrit ci-dessus, la règle étant la résultante d'expériences personnelles, elle ne saurait être considérée comme éternelle et, partant, elle n'est pas immuable, car il n'est rien de personnel qui le soit. Ce qui bouge ne saurait être unique ; ce qui est unique ne saurait être éternel.

Revenons pourtant à la prosodie libre, celle-ci représentée, il va sans dire, par le « vers libre ».

Qu'est-ce qu'un poème en vers libres ? C'est, dira-t-on, un poème composé de vers qui ne riment pas entre eux et qu'aucun rythme *visible graphique* (nous insistons sur le mot *visible,* car c'est à ce dernier que l'on en veut le plus de ne point exister) n'apparente entre eux également.

M. Camille Mauclair, dans la remarquable préface, déjà citée, qu'il a consacrée au « Carnaval de Schumann » de M. Armand Godoy, écrit:

« *Les recherches de ces spécialistes désintéressés (esthéticiens de la prosodie), aboutirent à une création verbale qui s'appela « le vers libre »*...

*Le vers libre fut accueilli, comme toute innovation, par de banales railleries et une opposition acharnée : ce n'est point d'elles qu'il mourut,* après s'être prouvé viable par de très beaux témoignages, *mais de la malfaçon d'imitateurs novices* (malfaçon dont nous parlons plus loin en ce qui concerne le potache vers-libriste) *qui* le crurent facile *et n'y virent qu'une destruction des règles classiques avec permission d'aligner n'importe quelles laisses de mots assonancés, de même que trop de peintres actuels ont compris « l'indépendance » comme une destruction des règles de l'école et leur remplacement par une ignorance ingénue.*

*La disparition* temporaire *du vers libre fut un fait fâcheux. Je dis temporaire, parce que si elle est présentement presque abandonnée,* cette forme, selon mon intime conviction, réapparaitra quelque jour nécessaire *et trouvera* sa place *logique* dans nos lettres. »

N'oublions pas cependant que le « *vers libre* », mis à la portée de tous, devient rapidement une absurdité qui profite surtout à beaucoup de prétentions et castrations intellectuelles. Sans doute qu'aujourd'hui Monsieur Jourdain ferait des vers libres sans le savoir...

Malgré notre esprit volontiers anarchique, « libre » ne devrait jamais signifier affranchi de toutes règles. Libre doit vouloir dire : « libre de recherche, au delà de l'expression que le temps et le milieu imposent aux règles profondes, l'essence même de ces règles. »

Jeunes gens qui vous sentez la « *vocation* » poétique, commencez par la plier et l'assouplir aux règles qu'ont suivies Corneille et Hugo, Lamartine, Paul Valéry, Baudelaire et Armand Dehorne.

Avant de glisser sur la corde raide sans le balancier, prenez ce balancier et servez-vous en. Le vers libre est barbare, tant que celui qui l'emploie n'a pas commencé par constater, dans le poème classique qu'il a composé, tous les cas où le souci des convenances prosodiques a décidé seul du choix d'un mot, d'un tour, d'une image. Voyez comme de grands esprits poétiques, tel Théo Varlet, ont agi avec prudence, arrivant au terme de leur libération par une série d'audaces mesurées et non par une négation stérile et absolue. Le vrai vers libre doit être celui qui est libre au point de retourner volontairement à la forme traditionnelle, quand la nécessité l'exige.

Reprenons le texte de Camille Mauclair :

« *L'échec de l'expérience montra utilement que le vers libre,* gâté par des improvisateurs médiocres, *était* un art des plus difficiles. *Né dans une génération où, sous l'influence wagnérienne* (1) *les poètes et les musiciens s'étaient beaucoup rapprochés (que l'on se souvienne de Baudelaire), il exigeait d'unir à une parfaite connaissance de la langue, un* sens auditif *très fin, le discernement* des rythmes et des timbres. Ceci déjà suffirait pour montrer qu'un poème réalisé dans cette technique peut être excellent ou nul. *Si son auteur n'a pas l'oreille juste, sa cacophonie et son désordre* se décèlent aussitôt, alors que la forme alexandrine peut faire quelque temps illusion. »

Voici merveilleusement définis le sens du vers libre, les raisons de sa valeur réelle, les causes de sa disgrâce, de son actuel éloignement. Nous voudrions en donner un exemple. Prenons, de

(1) Lire le « Mercure de Flandre », nov. 1925, à propos d'une conférence de M. André George.

Henri de Régnier, symboliste ardent qui sut pourtant allier à un symbolisme musical l'influence parnassienne la plus impeccable cette odelette :

*Si j'ai parlé*
*De mon amour, c'est à l'eau lente*
*Qui m'écoute quand je me penche*
*Sur elle. Si j'ai parlé*
*De mon amour c'est au vent*
*Qui rit et chuchote entre les branches.*
*Si j'ai parlé de mon amour, c'est à l'oiseau*
*Qui passe et chante*
*Avec le vent.*
*Si j'ai parlé ?*
*C'est à l'écho...*

Nous admettons immédiatement une réplique, à savoir que ces vers sont très assonnancés et chacun sait qu'il n'y a rien de commun entre le vers libre et le vers assonnancé, cher à Théo Varlet, encore moins avec le vers contre-assonnancé, recherche un peu spécieuse — extravagante peut-être ? — du jovial Tristan Derême.

Ici l'assonnance est visible, objectera-t-on ? *Lente* avec *penche, vent, penche* avec *branche,* rime euphonique quasi-parfaite, *chante* avec *vent, oiseau* avec *écho.* Nous confessons néanmoins un autre avis. Décomposons sans apocoper même l'e muet.

| | | | |
|---|---|---|---|
| Premier vers . . | 4 | syllabes | |
| Deuxième vers . . | 9 | — | (8 si l'on élide l'e) |
| Troisième vers . | 9 | — | — |
| Quatrième vers . | 7 | — | |
| Cinquième vers . | 7 | — | |
| Sixième vers . . . . | 10 | — | (9 si l'on élide l'e) |
| Septième vers . . | 12 | — | |
| Huitième vers . . | 4 | — | (5 si l'on élide l'c) |
| Neuxième vers . | 4 | — | |
| Dixième vers . . | 4 | — | |
| Onzième vers . . | 4 | — | |

L'auteur ne s'est pas totalement dépourvu de son classicisme. Néanmoins les rimes, au point de vue régulier, sont douteuses. Le rythme sur la même échelle, *visuellement, est nul.* Pourtant, qui niera qu'il y ait rythme et même rime ? Il y a un mouvement bien défini qui s'accentue, s'amplifie, puis décroit.

*a)* le motif « si j'ai parlé », d'abord isolé puis enchâssé dans deux vers à longueur croissante jusqu'à l'épanouissement en alexandrin :

*Si j'ai parlé de mon amour, c'est à l'oiseau*

*b)* la réponse « *c'est à l'eau lente* », « *c'est au vent* », c'est à « *l'oiseau* » comportant en aveu décroissant :

*Qui m'écoute quand je me penche*
*Sur elle*

. . . . . . . . . . . . . . . . . . . . . . . . . . . . . . . . . . . . . . .

*Qui rit et chuchote entre les branches*

. . . . . . . . . . . . . . . . . . . . . . . . . . . . . . . . . . . . . . .

*Qui passe et chante*

. . . . . . . . . . . . . . . . . . . . . . . . . . . . . . . . . . . . . . .

ne dirait-on pas un aveu soupiré, où l'on devine un gonflement de la poitrine, puis une expiration brêve ?

Ce qui est le plus curieux, c'est que les fins de vers y sont moins variées que ne l'eût exigé la rime !

En somme, il n'y a que *trois* sons de résolution rythmique : « *é* » (de parlé), « *o* » ou « *eau* » (de écho et oiseau), « *en* » ou « *an* » (de lente, chante, branche). Donc, fuyant l'application stricte de la règle des rimes, c'est à dire des retours identiques de son, il applique, ce « vers libriste », cette règle même et peut-être plus profondément, en appropriant à un sentiment bien nuancé, un jeu de sonorités strictement définies.

Ce poème donnerait raison à Fagus quand celui-ci prétend :

« Dès qu'il y a poésie (Fagus avait écrit *pensée.* Nous pensons plus exact de remplacer ce mot par *poésie*), il y a *rythme conditionné par elle.* »

La rime n'est employée ici qu'à titre purement euphonique et encore parce que l'auteur n'a pas jugé bon de se soustraire totalement à la prosodie classique.

La vérité, c'est qu'il n'y a pas de vers libres autre que le vers affranchi de l'application mécanique des règles, mais soumis à leurs exigences et y revenant, par conscience et non plus par esclavage.

Au sujet de la rime, rime conditionnée peut-être ! mais non conditionnelle. Nous notons toujours chez Brémond ce mépris pour elle que nous retrouverons tout à l'heure, de nouveau, chez Verlaine.

« *On part dans la nuit, sans bagages, parfois sans boussole ;* à la rime d'intervenir en cas de famine ; *à d'autres hasards de fixer les termes du voyage.* » (La Poésie pure, *p.* 18).

Le tort de beaucoup de poètes (ou soi-disant tels) qui se prétendent « libres » ou « purs », c'est de tenter, coûte que coûte la « modernisation », la libération outrancière, déséquilibrée, au prix de l'essence même de cette pensée, qui n'a que faire de leurs tentatives dont l'inutilité est maintenant prouvée. On ne peut isoler la poésie de la réalité et même, pour ce qui concerne son « expression graphique ou phonétique », de la rationalité, sans la réduire à n'être que l'ombre d'elle-même, un fantôme, et à la remplacer par la rhétorique creuse, ce fossile de l'éloquence.

Toute « libération » doit se justifier par une profonde raison d'être : le Génie, le talent quelquefois ; le « procédé du moindre effort », jamais. On peut encore se libérer pour traduire « l'inexprimé »... mais qui aura la prétention d'exprimer un sentiment qui ne fut traduit avant lui ?

Revenons au poème d'Henri de Régnier pour l'étudier au point de vue du sentiment pur. Que dirait Verlaine s'il lisait ce poème, lui qui cherchait avec tant de ténacité, d'autres modes, d'autres moyens d'expression ?

Etudions-le :

« *Si j'ai parlé* », premier jet, l'auteur n'ose confesser le pourquoi ; pourtant, il se décide : « *de mon amour* », à qui ? Pour masquer son aveu rapide : « *c'est à l'eau lente* » ; il avoue : « *qui m'écoute quand je me penche* » ; pudeur : « *sur elle* ». On sent, entre lente et penche, l'emprise du classicisme auquel Henri de Régnier, comme nous venons de l'écrire, a mal à se soustraire. « *Si j'ai parlé* », même hésitation, « *de mon amour, c'est au vent* », même pudeur, exclamation atténuée, rythme indéniable ; « *qui rit et chuchote entre les branches* » ; là l'auteur se laisse aller à son instinct descriptif ; il dit nettement maintenant : « *Si j'ai parlé de mon amour, c'est à l'oiseau qui passe et chante.* » On pressent la délicatesse de sentiment qui veut noyer un sentiment plus brutal sous une description naturelle. Enfin, amertume et interrogation désabusée : « *si j'ai parlé ?* » Tristesse, ironie désenchantées: « *c'est à l'écho!* »

Cet exposé schématique peut paraître fastidieux ; nous concédons qu'il faudrait plus de dissertations pour définir ce poème. Néanmoins, cette rapide étude prouve ce que l'un de nous écrivait jadis :

« Le vers libre est l'expression spontanée (*nous ajoutons maintenant que les règles classiques auxquelles tout poète doit obligatoirement sacrifier lui enlèvent souvent, par la recherche de la forme, cette spontanéité, dont nous reparlerons*), et arythmique *quant à sa présentation graphique.* — (ceci, nul ne le peut contredire, puisque c'est précisément ce qu'on lui reproche ainsi que nous l'avons spécifié plus haut) d'un subconcient (cœur ou âme selon les idéologues) dont la base même est un rythme intérieur et personnel ».

Pendant que nous travaillions à la dernière rédaction de cet ouvrage, nous avons reçu du poète Albert Sève un beau volume, intitulé

« Promesses ». Ce livre, qui a de bonnes qualités et aussi quelques défauts, révèle chez son auteur des préoccupations quelque peu parallèles aux nôtres.

C'est pour ainsi dire un témoignage qui nous arrive tout fraîchement composé.

Ce recueil de poèmes est précédé d'une courte préface qui confirme ou illustre si bien les opinions que nous exposons ici que nous ne pouvons nous dispenser de la reproduire :

« *Construction spirituelle, sœur de la mathématique, se présume la poésie. Toutefois, moins spatiale que temporaire, non quantitative, mais qualitative, de la science des mesures, elle se différencie. Constructeurs, affranchis de la contrainte des choses, le mathématicien et le poète manient librement leurs symboles. L'intelligence commet le nombre, la sensibilité suscite le rythme. Nombre, prise de possession par l'imaginaire, par l'esprit ; poésie, musique intérieure, adoption des songes, par l'âme. Or, si le vers est nombre, et le nombre, image, dans une certaine mesure, — tant l'on se tromperait à prétendre séparer l'âme et l'esprit, — deux domaines distincts se proposent.*

*Plus précisément, un super-collectif : la Raison absorbe le mathématicien, plus irrésolument, un éternel superindividuel ; l'émotion en-*

*thousiasme le poète. Tous deux, cependant, pour se faire comprendre, usent de signes, inventés par d'autres hommes et vulgarisés par de successives générations. Le mathématicien précise des symboles résistants : la raison, quel ciment plus que romain ? — et tous les initiés, les géomètres de Pascal, les comprennent et leur accordent un sens unique et certain. Au contraire, de signes, certes collectifs mais inconsistants — nos mots quelle fluidité de nuage — le poète ose se saisir dont les initiés (les autres de Pascal), provoquent les multiples sens quoique encore d'une manière approximative.*

*Ainsi tandis que le mathématicien confirme sa solution pour l'humain éternel, le poète propose l'ineffable de l'éternel humain.*

*Par une étrange confusion du vrai et du beau, certaines écoles poétiques ont tenté pour s'assurer une excroissance de lecteurs, de soumettre l'individuel à l'emprise du collectif. Vanité ! le poète ne construit que des songes. Au savant, abandonnons le langage conceptuel, la seule matière de la création poétique, c'est l'évocation émotive. — Incompris ou médiocre, en vérité ? Non, conserver dans les mots un minimum d'intellectualité, pour une forte proportion d'éléments sensibles et affectifs, n'est point impossible, Des problèmes insolubles, par la seule algè-*

*bre, ont été résolus grâce au calcul intégral. Recherchons l'intégration poétique. L'étude des variations infiniment petites des formes vagues qui flottent contre et précèdent la pensée, la certitude que la langue actuelle s'est constituée de différenciations en différenciations, depuis l'exclamation primitive de la poésie dite pure, jusqu'au concept courant et socialisé, la connaissance profonde que dans tout mot des significations multiples, transmises vaguement de nos ancêtres jusqu'à nous, s'intègrent, en faut-il plus pour fixer une théorie poétique valable ? De cette poésie* différentielle, *l'esthétique se prépare, pour ce jour, l'application en est seule offerte.* »

Albert Sève, spécialisé dans les études de la phonétique et l'esthétique, se révèle dans ses « Promesses » poète délicat, et au moment précis où la poésie pure et ses diverses interprétations sollicitent tant la curiosité des lecteurs, il a voulu tenter de réaliser, ainsi qu'il le dit, une *notation différentielle de la pensée poétique.*

Il le dit lui-même dans les lignes que nous venons de donner :« *la langue actuelle s'est constituée de différenciations en différenciations...* »

Albert Sève conclut donc qu'un poète peut « *conserver dans les mots un minimum d'intel-*

*lectualité pour une forte proportion d'éléments sensibles et affectifs.* »

Dans une courte mais judicieuse étude sur Daniel Mornet (1) M. Paul Hazard partage notre opinion exprimée plus haut quand il écrit :

« *Et voici d'autre part, l'autre groupe commandé par ceux qui ont apporté le levain et le sel, Baudelaire, Rimbaud, Verlaine ; ceux-là ont renoncé à la rhétorique latine, à la formation oratoire qui avait été celle de toutes les générations successives depuis notre âge classique. Ils ont répudié cette logique démonstrative à laquelle les romantiques eux-mêmes n'avaient pas échappé et qui les apparente à leurs prédécesseurs plus qu'à leurs successeurs ; ils ont voulu dire ce qu'ils étaient, ce qu'ils sentaient ; ils ont cherché à descendre jusque dans les profondeurs de l'être, jusqu'au royaume de l'incommunicable. Ils n'ont aimé que les symboles, que les plus rares et plus subtiles musiques ; las de la raison, ils ont fait de l'intuition leur méthode ;* las du conscient ils ont demandé au subconscient *les ressources d'un art nouveau ; dédaignant la réalité apparente, c'est la réalité transcendante qu'ils ont cherchée.* »

Ce mot de subconscient nous amène au grand point : *rythme intérieur et personnel.*

(1) Voir *Les Nouvelles Littéraires*, 11 février 1928, p. 2.

Pour mieux nous faire comprendre, il nous faut remonter une fois encore à la prosodie classique.

Lorsque le poète veut décrire ce qu'il ressent, il prend un peu son élan et commence à transcrire la résultante immédiate de la sensation qu'il veut exprimer ; il écrit donc ce qu'il rêve par à-coups. Or, il peut se trouver, il est même fréquent que le vers ainsi fraîchement exprimé a plus de syllabes qu'aucune règle classique ne l'y autorise. Prenons un exemple.

Voici une première conception d'une pensée : « *Hélas*, je suis mort *un peu* de la mort de tous ceux que j'aimais ! »

L'auteur veut faire un alexandrin :

*Je suis mort de la mort de tous ceux que j'aimais !*

Y a-t-il perte réelle de potentiel poétique ? Pour la thèse exposée ici nous pouvons regretter la perte de « *Hélas* » qui figure le cri sincère et « *un peu* » qui sert pour l'exactitude.

Voici un autre exemple que nous prenons chez Théo Varlet :

*Le parfum printanier des acacias en fleurs*

1 2 3 4 5 6 7

(*Aux Iles bienheureuses.*)

Un versificateur dénoncerait dans ce vers un manquement aux lois de la prosodie :

a - ca - ci - as

A la correction facile « *d'*acacias en fleurs », mais trop « romance », Varlet a préféré « *des* acacias » avec ce caractère déterminé et cette franchise de touche qui sont bien dans sa manière.

Le poète peut être retenu dans son besoin d'expansion par les règles ; c'est là le grand mal. Il en perd le souffle et en arrive à faire des vers comptés sur ses doigts. Nous exagérons évidemment, mais nous voulons dire par là que l'inspiration — ou plus exactement la *réalisation spontanée* de cette inspiration est à la merci d'une loi qui ne manque pas de lui enlever sa vigueur première.

A force de passer tout par le même moule, on risque soit d'amincir, soit d'être contraint de remplir, ce qui n'est pas mieux.

Paul Valéry a bien senti également combien il était difficile d'enclore en vers classiques ce que la poésie voulait exprimer. Aussi dit-il, dans un passage que relate « La Poésie pure » (p. 51) : « *Il est vrai que dans les vers, tout ce qui est nécessaire à dire est presque impossible à bien dire.* »

Avant Ronsard surtout, les poètes écrivaient

un peu comme ils le pensaient et surtout ce qu'ils ressentaient ; dès que l'amant d'Hélène et de Marie fut passé, ils en arrivèrent à ne plus le faire sans être obligés de se plier à des exigences qui leur enlevaient une part d'originalité et aussi de sincérité. Tant mieux si le mensoge est plus beau que certaines vérités, tant pis dans le cas contraire.

Effectivement, pour l'euphonie, cela est préférable, encore qu'à force, ces conceptions arrivent à donner une impression comparable à celle d'un air, d'un thème de romance populaire et respirent le guindé.

Le vers libre n'a cure de cela, il permet l'expression immédiate des sentiments, un peu comme ces jets d'eau qui jaillissent du sol et que rien ne vient contrarier ; la poésie qui veut se préciser agit par élans ; la réfréner, c'est risquer de l'amoindrir, à moins que, pourrait-on objecter, telle une balle comprimée d'abord dans un tuyau, une première résistance n'accroisse et ne dirige plus haut l'élan initial. Mais vers libres ou vers classique, à la base de tout élan, il y a une contraction initiale.

Malgré l'apparente contradiction, il nous semble qu'un bon moyen de reconnaître si un poète est réellement poète, au sens poétique du mot, ce serait peut-être de lui faire faire un poème en vers libres (1). Que l'on se reporte à ce que dit Mauclair dans la préface du « Carnaval de Schumann » d'Armand Godoy.

Tout potache de dix-huit ans sait qu'un sonnet — revenons à cette expression la plus courte de la prosodie classique — se compose de deux quatrains et de deux tercets, dont les rimes alternent entre elles. Il renferme une idée, ou il n'en renferme point, cela importe peu. Pour beaucoup de poètes qui débutent, Tristan Derème a dit qu'il existait cinq sujets tout trouvés : l'amour, la mort, la gloire, la joie, la tristesse. Ils n'ont jamais varié et nous doutons avec l'auteur du « Zodiaque » qu'ils changent un jour. Le progrès, dira-t-on ? Avouons que les poèmes inspirés des ballons captifs, des téléphones, des locomotives ou des aéroplanes prêtent généralement à rire, et leurs derniers vestiges ne peuvent être conservés que comme des preuves de faiblesse réelle.

Revenons au poète-enfant. Admettons qu'il ait une idée — il faut être indulgent — il la plie donc aux exigences de la forme qu'il désire employer.

(1) Nous n'hésiterons cependant jamais, dans le cours de cet ouvrage, à rappeler, chaque fois que notre pensée pourrait être interprétée dans un sens différent, que « les jeunes poètes doivent avant tout connaître les saines, sages et saintes contraintes que sont les règles et les disciplines de la métrique traditionnelle. »

Incontestablement, pour peu qu'il se soit aidé d'un dictionnaire de rimes, qu'il ait même sincèrement peiné et suivi le conseil de Boileau :

*Vingt fois sur le métier remettez votre ouvrage*

il peut en arriver à écrire un sonnet d'un relief assez satisfaisant et même caractéristique.

Pourtant, qu'a-t-il fait, sinon plagié ? Dans « Prière et Poésie » (p. 130) nous lisons : « *Un simple versificateur, qu'il le sache ou non, ne peut vivre que de rapines, ou si vous préférez de réminiscences. Ont-ils inventé que l'homme est mortel et la gentiane bleue ?* »

Lamartine emploie les mots, périphrases, hémistiches même de ses pitoyables prédécesseurs Le « Lac » en est tissé :

| Périphrases classées pompier. | *Sur l'océan des âges jeter l'ancre.*<br>*Dans la nuit éternelle.*<br>*L'année a fini sa carrière.* |
|---|---|

Banalités d'épithètes : *forêts obscures, flots harmonieux, belle nature, parfums légers, air embaumé.*

*Hémistiche déjà employé* dans une poésie antérieure : « *O temps, suspends ton vol !* »

*O temps, suspends ton vol, respecte ma jeunesse !*

et pourtant, cela parut nouveau, miraculeux chez Lamartine ! Pourquoi ? Le *souffle* qui métamorphose tout. Et qui est choqué de ce convenu ?

Les expression sont donc recréées.

Flétrissant et raillant ce même procédé, M. Jean-Paul Richter cingle dans sa « Poétique », p. 47-II : « *Un petit auteur qui emprunte un caractère à un autre auteur n'y gagne rien, car il faudrait qu'il lui empruntât en même temps un autre moi.* »

Quant à Robert de Souza, plus cruel, il précise : « *Le stéréotype remplace le type* » (*Un débat sur la poésie, p.* 176).

Le R. P. Ducerceau dans ses « Réflexions » (p. 295), considérant la bonne volonté du versificateur, écrit avec plus d'indulgence :

« *On ne doit pas considérer la noblesse, la finesse, la délicatesse, la vivacité de l'expression, comme ce qui fait la matière du style poétique ; avec cette manière seule on fera quelque chose de beau, de fin, de vif, de relevé, de magnifique (le Révérend Père pousse l'amabilité un peu loin !)* mais on ne fera pas de la Poésie, Il faut quelque autre chose qui anime cette matière. »

Semblant confirmer cette thèse, l'abbé Brémond écrit, dans « Prière et Poésie », p. 213 : « .... *Son poème, plus il sera beau, moins il sera un acte d'amour au sens rigoureux du mot.* »

Il n'est pas jusqu'à Oscar Wilde qui, plus amusé et plus ironique aussi — n'accorde : « *Un bon acrobate a toujours de la grâce, il a de la grâce parce qu'il fait ce qu'il doit faire de la meilleure manière dont la chose puisse se faire.* » (1)

C'est là un procédé. Derème, lui-même, à cheval sur « la manière », risque fort, encore qu'il ne suive pas tout à fait cette façon de comprendre la poésie, d'égarer celle-ci vers un art acrobatique.

Verlaine, dans des vers fameux, dont un déjà cité, cingle avec colère cette manie :

*A nous qui ciselons des vers comme des coupes*
*Et qui faisons des vers émus très froidement*

et ajoute en fin de poème :

*Est-elle en marbre ou non, la Vénus de Milo ?*

C'est enlever à la poésie toute sa « poésie », qui est d'être avant tout essentiellement musicale et sensible en même temps qu'émotive et donner raison à Keats quand il édictait cet étrange sophisme :

---

(1) Oscar Wilde : « Essai de Littérature et d'Esthétique », Editeur Stock, p. 192.

« *Un poète est de toutes les créatures de Dieu la moins poétique* » (1).

Le cas peut se produire pour le potache : ce qu'il fera pourra être très beau, très bien, mais au sens poétique ne vaudra rien du tout.

Dernièrement encore nous lisions dans le tome II du « Journal Intime » de Pierre Loti cette notation qui de la part de ce grand poète de la Prose n'étonne pas ou bien peu :

« *Il y a deux sortes de poètes : ceux dont on devine les ailes lorsqu'ils marchent ; ceux dont on sent toujours les pattes quand ils essaient de voler* ». (2)

... Le poète court après la rime, comme il courait tout à l'heure après la forme et comme il courra bientôt après le rythme, et chez un poète digne de ce nom, qui a quelque chose à dire, elle ne doit être qu'un accessoire, qu'une orchestration ou alors un pis-aller ; ne vaut-il pas mieux, en ce cas, s'en passer ?

La rime est, à notre sens — de même que l'assonance et la consonnance — apparentée à la vibration sonore biologique. En cela nous serions presque de l'avis de Jules de Gaultier qui prétend que « *rimes, allitérations, assonances, etc., sont autant d'aspects de la vibration sonore*

---

(1) Op. cit., p. 18 (Oscar Wilde, déjà cité).
(2) 1er janvier 1883, p. 5 (Edition l'*Illustration*).

*primitive et où se retrouve sa parenté intime avec la vibration nerveuse extériorisée dans le cri et la modulation.* » (1)

Toutefois, ainsi que nous l'écrivions dans le chapitre « Extériorisation de la Poésie », ce but formant partie adéquate de la transmission poétique s'impose parfois à un sentiment, une sensation, qui ne retrouve pas en la vibration de ce mot son onomatopée personnelle d'où la rime est forcément incomplète et souvent, quand la poésie elle-même ne préside à son choix, employée mal à propos.

Tout ce qui précède prouve que le poète digne de ce nom, recherche dans les vers la liberté souveraine de l'inspiration. Mais ce serait limiter la portée de notre thèse que de la considérer comme une théorie du « *vers libre* ». Conçu comme irréductiblement opposé du vers traditionnel, le vers libre serait l'objet d'un culte aussi sectaire que l'autre.

C'est dans le cadre sévère des règles que souvent ont été réalisées les plus sensationnelles des rénovations poétiques (cf. Baudelaire après Lamartine et André Chénier, Théo Varlet et Armand Dehorne après Baudelaire).

Ce que nous revendiquons c'est la liberté de

---

(1) « Qu'il n'y a pas de poésie pure. » Op. cit. p. 536.

choisir la forme adéquate du rythme même de l'inspiration. Ce qui apparaît toujours dans le même relief, c'est que, dans un sonnet de Hérédia ou une « fugue » de Laforgue, le mot est souvent une pure création sonore, l'axe presqu'impondérable d'un système de cristallisations en rythmes lumineux et transparences irisées, système dont la formule inexprimable est le secret même de l'inspiration personnelle.

Dans le vaste domaine de la Pensée et de son expression la liberté doit être absolue et nul ne peut légitimement y imposer des limites.

Mais revenons à notre potache. Si délaissant la rime, il s'essaie aux vers libres, il risque d'en arriver à barbouiller son papier, soit de vers blancs s'il respecte aveuglément le rythme, ce qui est retomber dans un travers identique à celui de la rime et de la forme précitées (le poète ou plutôt le versificateur cherche le rythme et ne cherche que lui), soit de prose découpée en morceaux, ce qui est très connu, très fréquent, et ne ressemble plus au découpage de certaines pages de prose qui, chez quelques auteurs atteindrait à une incontestable poésie.

Il existe en effet des poètes de la prose qui sont des plus grands et pourtant ne recherchent nullement à rythmer leurs pensées aux exigences de la prosodie.

Un Chateaubriand, poète grandiloquent quoique très précieux, a réussi des pages qui sont d'admirables poèmes débordant d'une intense poésie. Plus près de nous, refusera-t-on à Pierre Loti le nom de poète ? Il a su, par des phrases, chanter l'amour, la mort et tous les misérables sentiments qui nous régissent, d'incomparable façon. Ses phrases appartiennent bien plus à la poésie au sens initial du mot qu'à la prose !

On pourrait, parmi les écrits de ces auteurs (et de bien d'autres encore que nous ne pourrions citer sans risquer d'allonger considérablement et inutilement nos remarques) en séparant les phrases, suivant la ponctuation *qu'a instinctivement voulue l'auteur* établir de véritables poèmes en vers libres, absolument divins!

D'ailleurs, où commence la prose ? Où finit-elle ? et partant, où commence et se termine la poésie ?

# CHAPITRE V

# PROSE ET POÉSIE

Plus exactement, où commence le vers ? Car, sous sa première forme, il semblerait que la prose soit, a priori, opposée à la poésie, ce qui permettrait de rayer Bossuet, Chateaubriand, Barrès, dans les noms de la littérature poétique. Il nous semble qu'il y a un vers, ou mieux, disons un « stiche » pour élargir l'idée un peu étriquée que représente, à un esprit français, le mot « vers » quand il y a système rythmique pourvu d'unité organique et de retours réguliers. Cette unité peut-être cachée, ces retours lointains, comme chez Pindare, par exemple ; et le désordre, le beau désordre lyrique, s'unir aux combinaisons prosodiques les plus rigoureuses.

Il faut qu'il y ait cette limite entre la prose et

le vers, mais non entre l'expression lyrique des vers et celle de la prose. Certes, il y a plus de lyrisme dans une période de Bossuet que dans cent vers de Delille ; dans un passage de Chateaubriand que dans mille vers de Prarond. Mais, s'il est vrai que le grand lyrisme soufflant dans les œuvres de ces prosateurs, transforme leur prose en la vouant aux beautés fatales de l'expression poétique, et en lui communiquant l'accent, le timbre, la modulation, il n'en demeure pas moins constant qu'à chaque point du développement lyrique, la prose s'écarte de cette condition suprême qui obligerait à voir en elle, un vers au sens classique, à distinguer cette unité dans la variété rythmique qui, à moins de jouer sur les mots, fait du vers quelque chose de bien défini et parfaitement différent de la prose.

Jules de Gaultier à qui nous revenons, écrit : « *La poésie est caractérisée par la prédominance des éléments sonores.* » En ce cas, on peut se poser la question : combien de prosateurs sont de véritables poètes sans le savoir ?

Il nous apparaît qu'il serait ridicule de prétendre que prose et poésie sont antagonistes. Nous lisons chez Brémond : « *Pour moi, Bossuet est poète au sens le plus rigoureux du mot et poète infiniment supérieur à Boileau. J'oppose non pas les vers à la prose, opposition qui me paraît* techniquement fausse, mais uniquement la poésie au prosaïsme. » (1).

Mais tout cela ne nous mène-t-il pas tout doucement au confusionnisme ?

Essayons de donner quelque lumière positive :

Oui ou non, Bossuet et Châteaubriand se sont-ils montrés capables de faire de beaux vers (sens rigoureux) ? Pourquoi diable se sont-ils essayés à en faire, et de pitoyables (du moins pour Châteaubriand) s'ils avaient conscience que leur prose était véritablement poétique et que les ornements de la rime et du nombre de pieds n'ajoutaient rien à la beauté poétique ou même la gênaient réellement ?

C'est que le devoir du poète-versificateur de se soumettre à un ensemble de lois draconiennes et, malgré ces lois et ces entraves, de développer un souffle, de maintenir un élan, de soutenir une envolée, est quelque chose qu'on a ou qu'on n'a pas et que, faute d'avoir, l'on nie ou l'on bafoue (l'éternelle histoire du Renard ayant la queue coupée).

Ce serait vraiment trop simple de dire : « Je suis plus poète que vous si je ressens ou vibre plus que vous, l'expression n'étant que l'amoin-

---

(1) *La Poésie pure*, p. 105.

drissement consenti de l'impression poétique. » On objectera : « Vous confondez l'habileté versificatrice avec la capacité poétique. » Mais l'arrangement en nombre de pieds, la découverte des rimes, le soin de la césure, la suppression des hiatus, la scansion même des syllables, si tout cela n'était dû qu'au seul calcul et non à une conformité naturelle avec les tendances profondes du langage français, ce serait un casse-tête chinois ou un travail de combinaisons, à peine aussi transcendant que la découverte des mots croisés ! Or, qu'est-ce qui aide le plus méchant poète à se maintenir sans effort conscient dans le cadre de ces prescriptions formelles ? Quelque chose qui n'a rien à voir avec la volonté calculatrice, quelque chose d'impondérable, facilité, don, disposition dont on peut faire le plus méchant usage mais qui, contrairement à la jument de Roland, a la qualité d'exister. Intrinsèquement, ce don est une supériorité du poète (sens classique) sur les plus beaux prosateurs.

Mais nous l'avons vu au début de notre travail : « Désuètes, ces règles ! Inepte, ce traditionnalisme ! Enfantillage, la rime ! »

Tant que vous voudrez... mais voici que ces chaînes deviennent des ailes, que ce torchon de rime devient un étendard, que le pas de l'oie des syllabes devient cadence divine. Pour faire un brillant éclairage, ne faut-il pas coordonner tout un système de lampes articulées, toutes sortes de branchements ? Laissons le courant se propager librement. Il y aura court-circuit, jets fusants d'étincelles ; il n'y aura pas lumière continue, abondante, sereine.

Paul Claudel, apportant encore son expérience au sujet, nous dit :

« *La poésie n'est souvent que de la prose montée, tandis que la prose de son côté est toute chargée et agitée de vers confus.* » (1)

Chez le jeune homme poétisant, le découpement serait voulu, par manque de moyens, d'où sincérité illusoire ; c'est aller de Charybde en Scylla. Tandis que celui qui a réellement quelque chose à écrire l'écrit avec franchise et avec foi ; la poésie est chez lui la résultante d'une éclosion *intérieure, inconsciente et indépendante* de son *indivis ;* c'est à son propre insu que celle-ci se développe en lui, donc il transmet au fur et à mesure que les mots se présentent son extériorisation sur papier.

La Poésie est rythme, car elle se détruirait elle-même si elle n'était harmonie au préalable (ressortissant du rythme universel), d'où ce rythme que nous appelons « *expression sponta-*

(1) N.R.F. 1er octobre 1925, p. 419.

*née et arythmique* », arythmique ici, non plus quant à sa présentation graphique, qui appartient aux règles déjà définies, mais en ce sens que chaque jet, étant individuel, ne peut être comparée phonétiquement et individuellement avec le suivant.

Evidemment, si l'on aime la romance, cela manque de ritournelle, mais n'est-ce point surtout sacrifier aux habitudes que de vouloir tout dire dans un cadre rituel ? Chaque jet doit être bien individuel. Chaque chose doit avoir son rythme et demeurer distincte. Tellement distincte que la différenciation linéaire des éléments — pieds du vers — l'uniformité numérique et la soumission à de mêmes lois ne blessent en rien, chez les grands et vrais poètes, cette fonction autonome. Elle la met même en plus parfait relief et le vers ne se conforme que pour se distinguer.

Quand Anatole France parle de ces « sons à intervalles réguliers », il est aisé de deviner ce dont il veut entretenir son lecteur. Cependant, en dépit d'essais dans le genre, Anatole France ne reste qu'un adroit coordonnateur de grâces et d'élégances imitées ne voyant que le côté exacerbé de l'art. A-t-il assez d'autorité pour nier le vers ?

Tout ce qui précède est sans doute trop brutal et trop synthétique pour permettre de définir complètement ce que d'autres que nous, et bien plus autorisés sans doute, se plaisent à chercher sans cesse : nous n'avons transcrit ces réflexions que dans l'espoir d'y trouver nous-mêmes un éclaircissement ; aussi ne tenons-nous nullement à ce qu'elles soient prises à la lettre comme établissant une doctrine ; nous tenons à répéter que ceci n'est qu'une étude à la trace d'une vérité que nous croyons indéniable et proche.

Ainsi que le remarquait, il n'y a pas si longtemps, M. Jean Cassou : « *Que de formes et que de tentatives ces trente années de poésie ! M. Marcel Sauvage insiste, avec raison, sur l'invention du poème en prose ; il est merveilleux de voir en effet, comment des libertés nouvelles ont immédiatement produit de nouvelles contraintes et comment à des ouvrages qui avaient un commencement et une fin, on a éprouvé le besoin de substituer des ouvrages limités, non plus à leurs deux extrémités, mais de toutes parts et comme circulairement et, tandis que la notion grossière de la Tour d'Ivoire disparaît, ce besoin de propriété et d'isolement se transmettait du créateur aux objets créés.* » (1).

(1) A.S. Poésie du Temps. « Les Nouvelles Littéraires », II, février 1928, p. 1.

Nous venons d'écrire « poème en prose ». Il est à cet effet très curieux de lire le conte symphonique de M. André Mora, intitulé « Morera » (1), qui est plein d'aperçus les plus dignes d'intérêts; l'un de nous signalait d'ailleurs dans le *Mercure de Flandre* de novembre 1928, à l'occasion de la parution d'un livre de Mme Iskouï-Minasse (2) la valeur réelle de cette veine prosodique.

Le poète subit les évolutions les plus diverses et les plus paradoxales ; c'est ce qui nous force à prolonger cette étude sans prétention.

Verlaine a lui-même subi trois évolutions nettement caractérisées et les vers que nous avons cités tout à l'heure plus par ironie personnelle, en les adaptant à ce que nous voulions dire, n'ont pas été écrits dans et pour le même sens.

Après avoir été un Parnassien intransigeant ; après avoir flétri les romantiques tout en l'étant lui-même, sans le savoir ou plutôt sans vouloir le savoir, Verlaine s'est lassé de cette froideur, de ce « métallisme », lui, d'une sensibilité d'écorché à vif, et chercha « autre chose ». C'est là qu'il composa son « Art poétique ». Prévoyait-il le vers libre quand il édicta le quatrain relatif à la rime déjà reproduit plus haut?

---

(1) « Mercure de France », n° 674, 15 juillet 1928.
(2) « Clairs-Obscurs d'Italie ». (E. Figuière).

*Oh! qui dira les torts de la rime!*

Il les reconnaissait lui-même, ces torts, mais n'avait pas encore l'audace de brûler ce qu'il avait adoré... Il y a en cela beaucoup de noblesse et une curiosité sans cesse à l'affût. Comme il ne peut, qu'il ne sait, il cherche un palliatif et rencontre « la musique »; il en devient l'un des plus fins adeptes. (Nous reparlerons tout à l'heure de Mallarmé, musiciste rare). Samain sur certains points et à certain moment de sa formation poétique — encore qu'elle fut diamétralement inverse de la sienne — ne lui cédait en rien sur la musicalité et la fluidité du vers.

Verlaine écrit :

*De la musique avant toute chose*
. . . . . . . . . . . . . . . . . . . . . . . . . . . . . . . .
*Rien de plus cher que la chanson grise*
*Où l'indécis au précis se joint...*

plus loin encore :

*Car nous voulons la nuance*
*Pas la couleur, rien que la nuance.*
*Oh, la nuance seule fiance*
*Le rêve au rêve...*
. . . . . . . . . . . . . . . . . . . . . . . . . . . . . . . .
*De la musique encore et toujours.*
*Que ton vers soit la chose envolée*

puis ce quatrain lapidaire :

*Que ton vers soit la bonne aventure*
*Eparse au vent crispé du matin*
*Qui va fleurant la menthe et le thym,*
*Et tout le reste est littérature.*

Verlaine trouvait sa voie en pressentant le vers libre. Ayant un talent assez souple pour rester lui-même en gardant un vers régulier quelque peu libéré, il préféra ce biais, pour arriver à une poésie plus émotive qui, loin du Parnasse glacé et glacial, restituait à la poésie une grande partie de sa lumière, de la limpidité et de sa « musique ».

Combien de ses poèmes relèvent de cette conception nouvelle, n'en serait-ce que cette admirable « *Mandoline* » trop connue pour qu'il soit besoin d'insister.

L'auteur n'a pas cherché de mots impossibles. Toutes ses expressions, il les a trouvées naturellement, car il ne voulait que la musique. Aucune préciosité, mais une exquise symphonie.

Il a surtout tenté de retrouver des mots capables de rendre le plus exactement possible la vibration intérieure.

Samain lui-même, avons-nous écrit, suivit tout d'abord le symbolisme essentiellement mélodique. Comment ne pas rappeler « *l'Indiffé-*

*rent* », ce poème d'une rare délicatesse de touche qui atteint à une intensité musicale incontestable ?

Nous voici bientôt parvenus au but que nous nous étions assigné et que nous laissions, dès le début, prévoir : le « musicisme ». Avant d'aborder cette école déjà vieille de près d'un demi siècle, ne serait-ce que par Mallarmé et Verlaine que continuent si bien les Armand Godoy, les Jean Royère et quelques autres, nous pensons qu'une remarque a dû être faite au rapprochement des noms de Mallarmé et de Samain.

D'aucuns admirent le premier, et le second ne manque pas de thuriféraires. Où est le bon goût? Nous répondrons à cela par la voix si autorisée de M. Daniel Mornet, maître de conférences en Sorbonne :

« *On peut être un homme fort intelligent et fort cultivé et ne rien comprendre à la plus grande partie des poèmes de Mallarmé, mais Mallarmé a des admirateurs fidèles et fervents depuis plus de soixante ans! Pour l'historien de la littérature, il a donc joué et il joue un rôle important dans le développement de cette littérature. Inversement, on a parfaitement le droit de penser et d'écrire qu'Albert Samain est le « dernier des derniers » parce qu'il a rendu le symbolisme accessible aux sous-préfètes, mais ses vers ont eu et ont toujours un très vif succès ; en fait, ceux qui l'admirent ne sont pas seulement des pecques provinciales, mais des lecteurs qu'on doit tenir pour des gens de goût. Il a droit à une place, non pas éminente, mais fort honorable dans cette histoire objective.* » (1)

Par tout ce qui précède on voit que la prosodie classique (qui n'a fait que détroner la Pré-Rondardique, dont nous méconnaissons peut-être les réelles valeurs et vers laquelle nous ramène le vers libre, autre expression de la laisse de Theroulde chère au raisonnement de Fagus), a reçu depuis quelque cinquante ans de rudes assauts ?

Nous voici, terminant cet exposé sur les règles, revenus à notre point de départ du même chapitre « Les vers libres ». Nous résumant, nous croyons pouvoir dire : Il n'y a aucune règle en poésie. Le poète ne doit obéir qu'à son intime et personnelle poésie, car ainsi que l'a dit un poète moderne qui serait très grand sans de très grands défauts : Maurice Rostand :

*Car tout poète est grand si c'est son cœur qu'il chante* (2).

---

(1) Daniel **Mornet** : *Histoire de la Littérature et de la Pensée Française contemporaines.*
(2) *La Déserteuse,* acte Ier, page 2.

Que le poète ne s'embarrasse pas de procédés qui, appliqués sans tempérament sérieux seraient souvent amoindrissants et surannés, de modes quelquefois baroques; s'il persiste à se servir des règle connues, que ce soit avec l'insatiable désir de les améliorer, de les rendre plus humaines, plus près de l'âme; ce n'est pas en faisant des cabrioles pour montrer son cœur que l'on charme, c'est en le montrant simplement, tel qu'il est, dans sa franchise, sa nudité poignante et son incommensurable soif d'aimer et de vivre et qu'ainsi le poète écrive selon cette règle, celle la seule ; tout le reste est vain, tout le reste est faux. Qu'il tienne toujours présent à sa mémoire le noble aveu de Walt Whitman que nous rapporte Oscar Wilde dans son « Essai de Littérature » déjà cité (p. 207) :

« *Nul ne comprendra mes vers s'il tient à y voir une œuvre littéraire.* »

# CHAPITRE VI

# MUSICISME

M. Lionel Landry prétend que : « *pour regagner ce contenu émotif* (sonorités primitives ou onomatopée biologique), *la poésie doit se rapprocher, fût-ce temporairement, de la musique.* » (1)

Et ceci semble confirmer la thèse de Walter Pater déjà citée et que nous répétons : « *Tous les arts aspirent constamment à se rapprocher de la musique, la perfection de la poésie semble dépendre en partie d'une certaine suppression de ce qui n'est que le sujet, si bien que le sens même d'un poème n'arrive à nous que par des chemins où l'entendement ne se reconnaît pas.* »

Nous n'irons pas jusqu'à dire que toute suite

---

(1) *La Poésie pure*, p. 102.

de sons aux allitérations marquées pouvant, par un savant assemblage, charmer l'oreille, est poétique ! Nous arriverions alors à l'obscurisme total qui fit que Mallarmé lui-même commit à notre sens maintes erreurs à ce sujet.

En effet, il serait trop simple de chercher et de trouver une multitude de mots aux résonnances parfaites, les rapprocher les uns des autres et dire : voilà de la poésie ! Non, c'est complètement faux. Il nous semble que Mallarmé était davantage dans le vrai quand il disait : « *Le vers qui de plusieurs vocables refait un mot total neuf, étranger à la langue et comme incantatoire.* » (1)

Robert de Souza appuie cette théorie en spécifiant :

« *On doit donc rencontrer des groupements et des correspondances de timbres perdus dans des périodes indifférentes qui ne nous permettent d'incriminer en rien leur pouvoir de suggestion à des places souveraines, qui lui donnent au contraire toute sa force.* » (2).

Les poètes, dès le Symbolisme, comprirent la nécessité de se rapprocher de la musique. Paul Valéry nous donne à ce sujet une belle définition

---

(1) René Lalou ; *Histoire de la Littérature française contemporaine*, p. 217 (Crès, éd..) 1928.

(2) « Un Débat sur la Poésie », p. 268.

de ce symbolisme que le musicisme actuel ne fait en quelque sorte que continuer : « *Ce qui fut baptisé le symbolisme se résume très simplement dans l'intention commune à plusieurs familles de poètes de reprendre à la musique leur bien.* » (1).

Les mots, auxquels nous revenons, dès leur origine contenaient un peu de cette onomatopée primitive ainsi que de ces sonorités biologiques dont M. Lionel Landry nous entretient ces phénomènes essentiellement vitaux se rattachent d'abord et avant tout à la musique, musique intérieure pour leur extériorisation et musique extérieure pour leur transmutation dans le domaine des sons et de la phonétique.

L'art est de savoir distinguer ces dominantes de sons musicaux qui peuvent charmer les sens de l'interlocuteur.

« *Le caractère vraiment poétique d'un vers est dans sa musicalité.* » (2).

Comme nous l'avons déjà dit, il n'en faut pourtant pas faire abus ; nous arriverions à l'inintelligible systématique, et si parfois « *l'intelligent n'est ni émouvant ni poétique* », nous pensons que l'inintelligible posé en absolu n'est pas forcément poétique, si nous nous rangeons au côté

(1) « Variété », p. 97.
(2) Jacques Boulenger : « L'Art est difficile », p. 59.

de Gustave Flaubert quand il écrit ce que nous citions plus haut.

« *Un beau vers qui ne signifie rien est supérieur à un vers moins beau qui signifie quelque chose* ».

Nous répétons qu'il existe certains vers parfaitement intelligibles qui sont merveilleux et débordant de poésie. Le type de ces vers se trouve certainement chez A. de Vigny, le plus grand des poètes penseurs :

*La forêt a voilé ses colonnes profondes.*

Il faut savoir découvrir sous le sens rugueux et habituel du mot son intime musique.

« *La métamorphose s'opère, l'expression devient poétique, le vers : poésie, dès qu'une technique subtile et patiente, d'ailleurs secondée par d'heureux hasards est arrivée à capter pour les orchestrer délicieusement les ressources musicales du langage. Une plume experte* fait chanter la page *comme « un petit roseau, la forêt »* : *le poète n'est qu'un musicien entre les autres. Poésie et musique c'est la même chose.* » (Poésie Pure, p. 23.)

Que voulons-nous d'abord dans un poème ? Qu'il nous charme. La compréhension n'est pas obligatoirement *corollaire immédiate* de la sensation. Ainsi que le dit Walter Pater : « *Le sens même d'un poème n'arrive jusqu'à nous que par des chemins où l'entendement ne se reconnaît pas.* »

Nous n'apprenons qu'ensuite, et ce que nous connaissons alors nous n'avons plus besoin de l'apprendre à nouveau. Un poème plaira parfois moins à la seconde qu'à la première lecture ou audition (cette dernière supérieure à la lecture, il va sans dire).

Dubos, dans son livre « Réflexions critiques sur la Poésie et la Peinture » (1), écrit à cet effet :

« *L'esprit ne saurait jouir deux fois du plaisir d'apprendre quelque chose.* »

Qu'on nous comprenne bien. Quand nous parlons de rapprochement avec la musique, nous ne voulons pas dire assimilation. La Musique, qui « *a ses règles propres où la convention a sa place* » subirait aussi une déformation dès qu'exprimée ; elle s'affaiblirait.

N'opposons surtout pas « musique pure » à « Poésie pure », l'une comme l'autre sont inexistantes ; la musique, qui est musique tout simplement dès qu'exprimée, mais non pas pure, *puisque obligée de se plier à des règles pour ce faire,* ne saurait conserver ce qualificatif, de même que la poésie.

---

(1) Paris, 1770. Tome 1er, p. 67.

L'un de nous discutait dernièrement un aphorisme de Paul Valéry, une merveille de lucidité qui semble convenir admirablement à ce que nous voulons écrire ici : « *Toute réalisation est une déchéance.* »

Dès qu'extériorisée, la sensation (que l'on appellera aussi la « vibration » ou la « musique intérieure ») perd de sa force, étant contrainte d'user de règles qui s'imposent à elle, que ce soit en poésie comme en musique ; néanmoins, nous croyons que la musique, plus émotionnelle, a conservé cette musique que nous cherchons dans les mots. Au poète de choisir, *intuitivement,* ces derniers, qui répondront le mieux et rejoindront le plus parfaitement la première, toute d'ineffable et de mystère profond.

Quand nous avons dit avec Pater que la poésie rejoignait la musique, un souvenir nous a effleuré. Tout le monde a présente à la mémoire la théorie de l'abbé Brémond qui, modifiant celle précitée, prétend que tous les arts aspirent à rejoindre la prière. La discussion est assez oiseuse ; il n'est pas plus prouvé que la poésie rejoint la prière, qu'il n'est certain que la poésie ne soit pas une forme de la *prière.*

Ruskin nous semble avoir donné la plus profonde définition qui peut clore cette controverse, à la vérité plutôt vaine :

« *Tout art* vrai (*c'est nous qui soulignons*) *est adoration.* »

D'aucuns nous reprocheront, dès le début de cet article, de sortir du musicisme que nous voulons exposer ; nous n'avons jusqu'ici repris la thèse sur l'emploi des mots et sur la prière qu'à seule fin de faire ressortir mieux encore cette école du musicisme qui découle de tout ce qui précède.

Le musicisme, avons-nous dit : continuation du symbolisme, partant : désir *des poètes de « reprendre à la musique leur bien »*, le musicisme est en pleine évolution.

Pour mieux définir une théorie, il nous semble plus logique d'étudier ses théoriciens. Nous avons, dans le court exposé en tête du volume, cité quelques noms : Royère, Godoy, Varlet, qui, succédant à Mallarmé, Rimbaud, Baudelaire (Wagnérien de la poésie) n'ont fait que continuer leurs propres thèses. Prenons d'abord Mallarmé :

Stéphane Mallarmé, comme Jean Royère, croyait beaucoup au pouvoir du Langage.

Il voulait, dit-il, le vers « *qui, de plusieurs vocables, refait un mot total* ». Nous rencontrons chez lui la dominante volontaire de l'allitération, sertie dans un riche écoulement de consonnes uniformes. Un sonnet de lui est un modèle du genre : « *Le vierge, le vivace et le bel d'aujourd'hui* », où nous relevons des vers tels que :

*Quand du stérile hiver a resplendi l'ennui.*

Pour obtenir un charme incantatoire, une harmonie vocale, Mallarmé ne craint pas d'avoir recours à la métaphore ; le seul reproche que l'on pourrait lui faire est d'en avoir peut-être abusé.

« Il en résultera une incompréhension immédiate », s'écriera le lecteur. Exactement ! A lui de pénétrer l'obscurantisme de la présentation verbale ; il retrouvera sous l'hermétisme volontaire le courant émotif et l'éclair intuitif d'où naquit le poème.

Mallarmé aimait également à dire : « *Nommer un objet, c'est supprimer les trois quarts de la jouissance qui est faite du bonheur de deviner peu à peu. Suggérer, voilà le rêve!* »

Un autre sonnet de lui, trop connu pour qu'il faille le citer « *surgi de la croupe et du bond !* » a valu à l'un de nous une lettre de Fagus, voici tantôt deux ans. Certains passages de celle-ci ne peuvent que nous divertir et nous nous en voudrions de ne les point citer :

Fagus se plait à dire, se moquant de ceux qui accusent Mallarmé d'hermétisme :

« *Les chansons populaires, lesquelles ne l'étaient pas à l'origine, mais le devinrent parce qu'elles le méritaient, et* « surgi de la croupe et du bond » *deviendra peut-être, qui sait? une chanson de fillettes?* »

Nous n'allons pas jusqu'à partager cette opinion un peu téméraire, avouons-le, et nous pensons qu'il est et sera toujours bon aux fillettes de garder une candeur et une naïveté qui jamais ne les autoriseront à comprendre que ce poème est la description d'un vase.

L'insatiable souci de Mallarmé fut de découvrir sous les mots et sous leur apparence rigide et conventionnelle, leur intime musicalité.

M. Robert de Souza, mallarméen, nous en sommes convaincus, écrit à ce sujet :

« *Dans le parler courant, même intime et familier, les écarts sont fréquents de tierce, de quarte, de quinte ; dans le parler public, surtout oratoire, davantage encore ; et la déclamation poétique est une composition spéciale qui étend jusqu'au chant proprement dit les diverses ondulations naturelles à chacun de nos états vocaux, ces états soutenus par la trame rythmique de l'intensité et de la durée, aux figures parfaitement distinctes en français comme en toutes les langues. Mais il est vrai qu'une production de la voix, aussi expressive soit-elle, sur fond parlé, joue de préférence entre des intervalles très petits. Or, cela entraîne une délicatesse infinie, et l'argument en est retourné contre toute musique trop esclave de la fixité de ces écarts conventionnels. Pour une oreille vraiment fine, il y a plus de musique dans la mélodie parlée que dans la mélodie chantée. Sur la ligne monodique, la première, parce que plus nuancée, n'est pas plus pauvre que la seconde, toute proportion gardée entre des limites d'une moyenne moins étendue. En refusant à la poésie sa parenté avec la musique, on affecte de voir dans ces liens de famille une assimilation, une identification ; mais seuls l'ont faite ceux qui confondent la musique avec la polyphonie et ses harmonies étagées, ceux qui la noient dans l'orchestre, alors qu'elle est toute entière dans le fil horizontal d'une simple mélodie.*

*« Maintenant, la liberté de la mélodie poétique serait-elle entravée par les groupes tout faits des timbres que nous imposent les mots dans la prépondérance de leur enchaînement grammatical? En aucune manière : les places variées qu'on peut donner à ces groupes, leur nombre, leurs liaisons diverses, leurs jeux internes, nous mettent seulement en face d'un autre mode de composition, non d'une substance*

*d'une autre nature. Et en dépit de nos maigres codes de versification à côté des mutiples traités de l'art musical,* en dépit des règles (absurdes) comme, entre toutes, les nôtres, *d'un formalisme abstrait paralysant les formes vivantes, les poètes plus ou moins volontairement,* ont toujours usé d'une composition personnelle musicale autant que poétique. » (1).

Nous pourrions nous complaire à donner maint et maint exemples où Mallarmé se retrouve par ses recherches insatisfaites.

Voici un vers qu'aimait Albert Samain :

*D'une essence ravie aux vieillesses des roses*

ces autres, d'un poème déjà cité :

*Aboli, bibelot d'inanité sonore*
*Victorieusement fui le suicide beau.*

ou encore :

*Qui mire aux grands bassins sa langueur infinie*

Et tant d'autres que nous ne pouvons citer qui donnent bien l'idée de la préoccupation mallarméenne.

---

(1) *Un débat sur la Poésie,* pp. 266-267.

Mallarmé créait une école et nous retrouvons son principal élève : M. Jean Royère, symboliste incomparablement musical qui, après une étude approfondie des mots, a tenté de leur restituer leur intime et personnelle poésie.

Nous lisons dans l'un de ses recueils, trop mince à notre gré : « *O Quêteuse voici !...* », les vers suivants (1) :

*Je ne veux, fard léger, sur le marbre où se fige*
*Le rose de la vie éclos dans du vertige*
*Que l'éphémère encor, que ce soir nonchalant*
*Excite, lys sculpté, mon rêve au torse blanc.*

et ce premier vers :

*Neigeuse volupté, rêvais-je ce martyre ?*

On y sent l'éternelle recherche de musicalité profonde « *dans le cristal des sons fatalement enclose* ».

Nous avons vu Verlaine déjà qui obtint de rares réussites qu'illuminait son exquise sensibilité.

Rimbaud également pressentait, flambeau trop vite éteint. « *J'écrivais des silences, des nuits ; je notais l'inexprimable, je fixais des vertiges.* »

(1) Kra, éd., pp. 11-12.

Un nom nous vient encore sous la plume : Paul Valéry, tant admirée, tant décrié. Qui ne connaît de lui « Charmes » où nous lisons des vers tels que celui-ci :

*Dormeuse, amas doré d'ombres et d'abandons*

lequel nous semble une merveille d'harmonie et de systèmes allitératifs, de fluides sonorités.

*Do*rmeuse, amas *doré* d'om*bres et d'a*bandons.

Et ce célèbre, trop célèbre même « Cimetière marin » qui bien souvent n'a rencontré que la plus ridicule incompréhension (que l'on se souvienne de l'enquête menée par « l'Œuvre », où les réponses les plus extravagantes se sont croisées).

Voici un sizain pris dans cet ouvrage :

*Maigre immortalité noire et dorée*
*Consolatrice affreusement laurée*
*Qui de la mort fais un sein maternel*
*Le beau mensonge et la pieuse ruse !*
*Qui ne connaît et qui ne les refuse*
*Ce crâne vide et ce rire éternel.*

Nous pourrions en donner bien d'autres. Cela n'expliquerait rien de plus.

Parmi les auteurs modernes, créateurs, avec Jean Royère, de ce « musicisme », nous avons encore Armand Godoy dont les œuvres, telles que « Triste et Tendre », « Le Carnaval de Schumann », « Hosanna sur le Sistre » l'ont classé parmi les plus parfaits poètes de notre temps.

Armand Godoy s'attachant à découvrir dans le rythme musical des rythmes prosodiques nouveaux, semble avoir voulu plus que tout autre peut-être, marier définitivement la poésie et la musique.

Qui n'aimerait cette « Valse noble » (1) d'un rythme si sûr, où reprenant la finesse d'une harmonie aux retours identiques notre auteur a désiré donner l'impression *d'un morceau de musique en prose :*

*Je connais ce regard, cette allure;*
*Cette voix m'a charmé quelque part;*
*J'en devine la source si pure*
*Sous le masque et le ton nasillard.*

S'il nous fallait étudier cet auteur, notre livre n'y suffirait pas ; il nous apparaît pourtant qu'avec Jean Royère il est un des rares à avoir su comprendre tout le parti qu'il pouvait tirer de la musique.

Théo Varlet, rare et précieux poète dont « Aux Iles Bienheureuses » parmi d'autres livres tels que « Paralipomena », « Aux Libres Jardins »

---

(1) *Le Carnaval de Schumann*, p. 19.

et « Quatorze Sonnets » relève plus de Mallarmé que de tout autre en dépit de sa forme quasi libérée :

*Vers l'impossible foi de mon ciel glorieux*
*Quelles ailes, livrées à ton flot vide et bleu,*
*Génie! et sans retour, emporteraient ma vie.*

Nous nous excusons de si brièvement situer nos auteurs. En commençant cette étude, il n'était pas dans nos intentions d'étudier des poètes, mais ce dont ils se servaient et comment ils s'en servaient pour extérioriser leur poésie.

Pour nous résumer, il nous apparaît que le musicisme n'est avec le symbolisme, ainsi que nous l'avons dit plus haut, que l'âpre désir des poètes « *de reprendre à la musique leur bien* ».

## CHAPITRE VII

# CONCLUSION

Mais il importe de définir ce bien. Car même si nous avions réussi à prouver par a+b que la Poésie c'est la Musique, nous n'aurions fait que reculer la solution d'un bien grave problème. Ce qu'il faudrait définir (tâche difficile, hélas !) c'est ce que, par la voie de la musique, cherche à rejoindre l'éternelle Poésie. Ne serait-ce pas le grand rythme épars dans l'univers, l'harmonie des sphères, la Beauté essentielle et profonde ? Or le Monde, disent les philosophes, se reflète en ce miroir prodigieux qu'est une conscience humaine. Il s'y reflète non seulement en aspects sensibles, mais avec l'ordre architecturé qui l'anime. Si donc nous scrutons les réactions de notre conscience, nous fixons par le fait même un reflet de cet ordre, et dans les relations mêmes que nous établissons entre nos états de conscience, nous suivons une courbe où s'inscrit, se révèle, et même vibre et palpite cet ordre du monde, ce rythme de l'Univers. C'est d'ailleurs ce qu'a exposé magnifiquement le poète et philosophe Théo Varlet quand, parlant du musicisme, il écrit :

« *Un thème ; l'orchestration de ce thème selon la symphonie et les instruments de chacun, violes ou cuivres, en proportions et prédominances variées par le tempérament et le goût ; c'est le poème. Et, si la ferveur du poète a obtenu la grâce d'opérer la transsubstanciation miraculeuse, la divinité du verbe s'affirme dans la fulgurante création d'un univers, transcendantal quoique vivant et humain, cerné par le poème.* »

Toutefois, nous tenons — ne voulant pas égarer la poésie trop exagérément vers la musique ou vers telle autre forme, à écrire avant tout:

Dadaïsme, impressionnisme, Parnasse, symbolisme, surréalisme, musicisme ou classicisme, tout cela ne sont qu'écoles, cénacles, dogmes. Pris individuellement, ils ont tous du bon, bien souvent ce n'est que leur outrancière amplification qui les a discrédités vis-à-vis du lecteur impatient est devenu circonspect par suite de leurs déchéances successives.

L'intime musique de l'individu étant fatalement enclose dans les mots et non dans le sens des mots (*sens conventionnel et abstrait*), l'art est de savoir les découvrir et se les approprier.

Le poème qui est la plus noble expression de la poésie est nécessaire, comme l'écrivait M. Robert de Souza en fin de son magistral débat sur la poésie (pp. 317-318) :

« *Le poème est la plus belle expression désintéressée qui nous permette d'atteindre et d'étendre en la transfigurant, en la recréant, la réalité par l'amour.* »

Et il ajoute encore, confirmant ce que nous venons d'écrire concernant les règles et les écoles :

« *Que les croyances s'ignorent ou s'opposent, toutes les mystiques s'apparentent ; on doit aller plus loin et ne pas craindre de penser qu'elles se tiennent, qu'elles se complètent.* »

Nous le répétons : *l'art en poésie est de savoir transmettre la Poésie.*

L'art du poète sera de perpétuer le message sidéral qui nous est envoyé des lointains vertigineux de l'espace et du temps ; de faire planer, sur les misères en chaos de l'Humanité, la loi lumineuse et triomphante de l'Amour ; de blesser mystérieusement les cœurs par le fer brûlant de la Beauté pour en enfiévrer divinement les âmes ; de faire pressentir aux incarnés de la terre une amélioration supra-terrestre en perpétuel devenir ; de susciter toutes les vibrations possibles d'une âme pour les communiquer à d'autres âmes ; de favoriser cette transmission sublime en développant à tout moment de nouveaux champs de correspondance, de nouveaux modes de relation, pour orienter les hommes vers les suprêmes et définitives certitudes de la Vérité propagée par l'Amour.

# TABLE DES MATIÈRES

Achevé d'imprimer le 1er Octobre 1929 sur les presses de l'Imprimerie d'Art "Le Croquis" à Paris, pour le compte du "*Mercure de Flandre*" à Lille.

Il a été tiré de cet ouvrage mille cinq cent vingt exemplaires, savoir : Cinq exemplaires sur papier Japon Impérial, numérotés de 1 à 5 ; Cinq exemplaires sur Madagascar numérotés de 6 à 10; Dix exemplaires sur Lafuma pur fil numérotés de 11 à 20 et mille cinq cents exemplaires sur Alfa. Ces mille cinq cent vingt exemplaires constituant authentiquement l'édition originale des "*Considérations paradoxales sur la Poésie*".

www.ingramcontent.com/pod-product-compliance
Ingram Content Group UK Ltd.
Pitfield, Milton Keynes, MK11 3LW, UK
UKHW031907260826
14628UKWH00003B/1045

9 782329 202310